KB037482

탈무드

유대인의 지혜를 담은
인생 최고의 선물 **탈무드**

지은이 　　유대인 랍비
편　역　　김이랑
그　림　　최경락

발행처　　시간과공간사
발행인　　최훈일

신고번호　제2015-000085호
신고연월일　2009년 11월 27일

개정판 1쇄　2021년 12월 10일
개정판 6쇄　2025년 01월 15일

주　　소　경기도 고양시 덕양구 통일로 140 삼송테크노밸리 A동 351호
전화번호　(02) 325-8144(代)
팩스번호　(02) 325-8143
이 메 일　pyongdan@daum.net

ISBN 979-11-90818-14-8 (03890)

유대인의 지혜를 담은 인생 최고의 선물

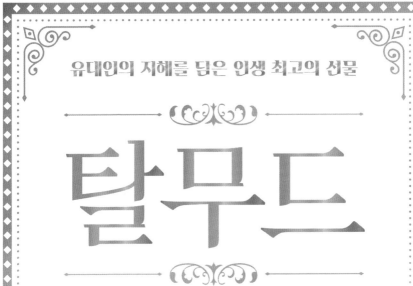

탈무드

THE BOOK OF WISDOM
TALMUD

시간과공간사

제1부
인생을 변화시키는《탈무드》의 지혜

TALMUD

제2부
인생의 해답을 주는《탈무드》의 가르침

제3부
삶의 방향을 제시하는 《탈무드》의 교훈

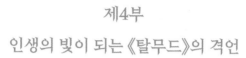

제4부

인생의 빛이 되는《탈무드》의 격언

제1부

인생을 변화시키는 《탈무드》의 지혜

인간은 20년 걸려서 배운 것을 2년 안에 잃을 수가 있다.

탈무드

마법의 사과

어떤 임금에게 어여쁜 딸이 한 명 있었다. 그런데 그 딸이 몹쓸 병에 걸려 사경을 헤매게 되었다. 의사는 자신의 능력으로는 살려 낼 가망이 없다고 판단해 임금에게 사실대로 이야기했다. 이에 임금은 딸의 병을 낫게 하는 자에게 딸을 시집보내고, 자신의 뒤를 이어 왕으로 삼겠다는 포고를 내렸다.

이 소식은 금세 온 나라로 퍼져 나갔고, 아주 먼 지방에 사는 삼 형제의 귀에도 들어가게 되었다. 삼 형제 중 첫째는 성능 좋은 망원경을 가지고 있었는데, 그것은 천 리 밖의 모습을 볼 수 있는 신기한 물건이었다. 첫째는 이 망원

경을 통해 임금의 포고령을 형제들에게 알렸고, 삼 형제는 어떻게 해서든지 공주의 병을 낮게 해 주자고 뜻을 모았다.

둘째는 마술의 양탄자를 가지고 있었고, 셋째는 마술의 사과를 가지고 있었다. 아무리 먼 거리도 순식간에 갈 수 있는 양탄자와 죽은 목숨도 살린다는 마법의 사과였다. 삼 형제는 양탄자를 타고 왕궁에 도착해 사과를 공주에게 먹게 했다. 그러자 공주의 병은 거짓말처럼 나았다.

사람들은 모두 뛸 듯이 기뻐했고 임금은 큰 잔치를 열었다. 그런데 왕위 계승자를 발표하려던 왕은 난감한 상황임을 알아차렸다. 삼 형제 중 누구에게 왕위를 계승한단 말인가!

"내가 망원경으로 포고문을 보지 않았더라면 여기에 올 수 없었습니다."

맏이가 주장하자 둘째가 소리쳤다.

"마술의 양탄자가 없었더라면 이곳까지 올 수 없었을 것입니다."

그러자 이번에는 셋째가 나섰다.

"내 사과가 없었더라면 공주님의 병은 고칠 수 없었을 것입니다."

만일 당신이 임금이라면 누구에게 딸을 주겠는가?

정답은 사과를 가진 셋째다. 망원경과 양탄자는 처음과 마찬가지로 남아 있었지만, 사과는 공주가 먹어 버려서 없어졌기 때문이다. 공주를 병에서 낫게 하기 위해 자신의 귀중한 물건을 포기한 셋째가 임금의 사위가 되어야 한다.

혀를 조심하라

 한 장사꾼이 거리에서 큰 소리로 이렇게 외쳤다.

"인생을 행복하게 사는 비결을 팝니다!"

그러자 순식간에 사람들이 몰려들었다. 그들 중에는 랍비도 몇 사람 있었다.

"제발 그 비결을 나한테 파시오."

사람들이 앞다투어 그렇게 졸라대자 장사꾼이 말했다.

"참된 인생을 사는 비결이란 자신의 혀를 조심해서 쓰는 것뿐이오."

그릇

지혜롭고 명석한 두뇌를 가졌으나 얼굴이 형편없이 못생긴 랍비가 있었다. 그는 어느 날 로마 황실의 공주를 만나게 되었다. 공주는 그를 보자 대뜸 이렇게 말했다.

"그토록 놀라운 지혜가 아주 못생긴 그릇에 담겨 있군요."

이에 랍비가 물었다.

"공주님, 이 왕궁에 술이 있습니까?"

공주가 고개를 끄덕이자 그가 다시 이렇게 물었다.

"그 술은 어떤 그릇에 담겨 있습니까?"

"항아리나 주전자에 담겨 있겠죠."

랍비는 깜짝 놀란 듯 이렇게 말했다.

"이 황실에는 금이나 은으로 만든 훌륭한 그릇이 많을 텐데, 왜 하필이면 그렇게 보잘것없는 그릇에 술을 담아 두셨습니까?"

이 말을 들은 공주는 곧 시녀들을 불러 황실의 모든 술을 금과 은으로 된 그릇에 바꾸어 담도록 명령했다.

그런데 얼마 후 술맛이 형편없이 변해 버렸다.

황제가 노발대발하며 소리를 버럭 질렀다.

"누가 술을 이런 그릇에 담는 어리석은 짓을 했단 말이냐?"

공주는 얼굴이 새빨개져서 어쩔 줄 몰라 했다.

"황공하옵니다. 제가 생각이 모자라서 그리하도록 시켰습니다."

공주는 용서를 빈 후 그 못생긴 랍비를 찾아가 항의했다.

"랍비님, 어찌해서 당신은 내게 그런 어리석은 일을 시켰단 말입니까?"

그러자 랍비는 태연히 이렇게 말했다.

"저는 다만, 아주 귀중한 것이라 할지라도 때로는 보잘것없는 질그릇에 담아 두는 편이 훨씬 나을 수 있다는 사실을 가르쳐 드리고 싶었을 뿐입니다."

세 자매

세 딸을 둔 아버지가 있었다. 딸들은 모두 아름다웠으
나 제각기 하나의 결점이 있었다. 첫째는 게으름뱅이였
고, 둘째는 물건을 훔치는 버릇이 있었으며, 셋째는 남 험
담하기를 즐겼다.

어느 날, 세 아들을 둔 남자가 찾아와 자신의 세 아들에
게 그의 딸들을 짝으로 맺어 주고 싶다고 했다. 이에 아버
지는 딸들에게 이런저런 결점이 있노라고 솔직히 이야기
했다. 그 남자는 그런 정도의 결점은 자신이 책임지고 고
쳐 나갈 수 있으니 염려하지 말라고 했다.

그리하여 세 자매는 한 집안으로 시집을 가게 되었다.
세 며느리를 맞이한 시아버지는 게으름뱅이 며느리에게

많은 몸종을 내어 주어 일을 하게 했고, 물건을 훔치는 버릇이 있는 며느리에게는 창고의 열쇠를 주면서 "가지고 싶은 것이 있으면 무엇이든 언제나 마음대로 가져라."라고 말했으며, 남 험담하기를 좋아하는 며느리에게는 매일 아침 "어제는 누가 무슨 잘못을 했느냐?"라고 물었다.

얼마 후 세 딸이 걱정된 아버지가 딸들의 집으로 갔다. 큰딸은 "마음대로 게으름을 피울 수가 있어서 행복합니다."라고 말했고, 둘째는 "가지고 싶은 것은 언제라도 마음껏 가질 수 있으니 행복합니다."라고 말했다. 그러나 막내는 시아버지가 시시콜콜 참견해서 몹시 괴롭다고 말했다.

세 딸을 만나 본 아버지는 흡족한 마음으로 집으로 돌아왔다. 아버지는 두 딸의 말은 사실로 여겼으나 막내의 말만은 곧이듣지 않았는데, 왜냐하면 막내는 헐뜯는 버릇이 있었기 때문이었다.

부드러운 혀

한 랍비가 학생들을 위해 만찬을 베풀었다. 만찬에는 소나 양의 혀로 만든 요리도 있었는데, 그중에는 딱딱한 것도 있었고 부드러운 것도 있었다. 학생들이 서로 부드러운 혀만을 골라 먹으려고 하자 랍비가 이렇게 말했다.

"여러분도 자신의 혀를 언제나 부드럽게 간직하도록 힘써야 합니다. 딱딱한 혀를 가진 자는 언젠가는 다른 사람을 화나게 하거나 불행의 씨앗을 뿌리기 마련입니다."

하느님이 맡긴 보석

한 랍비가 교회에서 설교를 하고 있었다. 그때 그의 집에서는 어린 두 자녀가 죽어 가고 있었다. 아이들은 끝내 숨을 거두었고, 아내는 시신을 2층으로 옮기고는 흰 천으로 덮어 두었다.

이윽고 교회에서 돌아온 남편을 보고 아내는 이렇게 물었다.

"당신께 꼭 묻고 싶은 한 가지가 있습니다. 어떤 사람이 저한테 잘 보관해 달라고 하면서 아주 값비싼 보석을 맡기고 갔습니다. 그런데 그가 갑자기 맡겼던 보석을 찾아가겠다고 왔습니다. 그렇다면 저는 어떻게 해야 합니까?"

랍비는 주저하지 않고 말했다.

"그야 그 보석을 맡겼던 주인에게 당장 돌려줘야 하지 않겠소?"

　그제야 아내는 아이들의 죽음을 알렸다.

　"사실은 하느님께서 저한테 맡기셨던 두 개의 값진 보석을 되찾아서 하늘로 올라가셨습니다."

　랍비는 아내의 말을 즉시 알아들었고, 아무 말도 하지 않았다.

어떤 유서

한 아버지가 아들을 먼 곳에 유학을 보내 공부하도록 했다. 그런데 아들이 떠난 지 얼마 안 되어 아버지는 중병에 걸리고 말았다. 그는 아무래도 아들을 만나기 전에 눈을 감을 것만 같아 유서를 썼다. 유서의 내용은 아주 간단했는데 자신의 모든 재산을 집안의 한 노예에게 상속하되, 아들에게는 아들이 원하는 단 한 가지만을 준다는 것이었다.

결국 그는 아들을 만나기 전에 숨을 거두었고, 노예는 자신에게 찾아온 행운을 기뻐하면서 한걸음에 주인의 아들이 있는 곳으로 달려갔다. 노예는 아들에게 아버지의 죽음을 알리고 나서 유서를 내밀었다. 아들은 매우 놀라

는 동시에 큰 슬픔에 빠졌다.

아버지의 장례를 치르고 난 아들은 어떻게 해야 할지 곰곰이 생각하다가 현명한 랍비를 찾아가 상의했다. 랍비를 찾아간 아들은 유서 내용을 설명한 다음, 불만에 가득 찬 말투로 이렇게 투덜거렸다.

"이제까지 저는 아버님이 노여워하시는 일은 한 번도 한 적이 없습니다. 아버님께서 무슨 이유로 저한테 재산을 상속하지 않으셨는지 모르겠습니다."

그러자 랍비가 말했다.

"진정하게. 자네 아버님께서는 아주 현명한 분이시네. 아버님께서는 자네를 진심으로 사랑하셨던 모양일세. 이 유서가 그것을 잘 말해 주고 있군."

아들은 납득할 수 없어서 이렇게 원망했다.

"노예에게 전 재산을 물려주시다니, 그건 말도 안 됩니다."

그러자 랍비가 말했다.

"아버님께서 진정 원하신 바가 무엇이었는가를 잘 생각해 본다면, 아버님께서 자네에게 남기신 것이 무엇인지를 곧 알아챌 수 있을 걸세. 아버님께서는 본인이 죽고 나면 노예가 모든 재산을 빼돌릴지도 모른다고 생각하셨던 걸세. 어쩌면 노예가 아버님의 죽음을 숨길 수 있다는 사실까지 염두에 두셨던 것이지. 모든 재산을 노예에게 상속한다는 유서를 남기신 것은 그래야 노예가 자네에게 달려가 아버님의 죽음을 알릴 것이고, 재산도 소중히 간수해 둘 것임을 아버님께서는 잘 알고 계셨던 것일세."

"그것이 저한테 무슨 소용이란 말씀입니까?"

"역시 아직 젊은이라 생각이 깊이 미치지 못하는군. 노예의 재산은 모두 주인에게 속한다는 사실을 왜 생각하지 못하는 건가? 아버님께서는 유서에 분명 단 한 가지만은 자네가 원하는 것을 가질 수 있도록 쓰시지 않았는가? 그러니까 자네는 전 재산을 가진 노예를 선택하면 될 걸세. 자네를 향한 아버님의 사랑과 현명함에 고개를 숙이지 않을 수 없네."

그제야 아들은 아버지의 깊은 뜻을 깨달았다. 그 후 아들은 세상을 살아가면서 항상 입버릇처럼 "나이 많은 사람들의 지혜는 감히 따르지 못한다."라고 말했다.

붕대

법률은 마치 붕대와 같은 것이다.

　한 나라의 왕이 상처 입은 아들에게 붕대를 감아 주면서 이렇게 말했다.

"아들아, 이 붕대를 꼭 감고 있으렴. 붕대를 풀어 버리지 않는 한 상처는 서서히 아물어 통증이 없어질 테니까. 그렇지만 상처가 낫기도 전에 이 붕대를 풀어 버린다면 상처는 더 심해질 거란다."

　인간의 마음도 이와 똑같다. 사람의 마음속에는 악한 마음이 숨어 있기 마련이다. 하지만 정해진 법률을 지키는 동안에는 악에 빠지지 않고 바른 생활을 할 수 있다.

정의의 차이

　　이웃 나라의 왕이 이스라엘을 방문했을 때, 한 유대인이 그에게 물었다.

　"폐하께서는 우리가 가진 금은보화가 탐나십니까?"

　왕은 이렇게 대답했다.

　"나는 금은보화를 많이 가지고 있다. 그러므로 그런 것은 조금도 탐이 나지 않는다. 다만 나는 너희 유대인들의 생활 습관과 정신이 궁금해서 방문했을 뿐이다."

　왕은 이스라엘의 이곳저곳을 둘러보았다. 왕이 한 랍비를 찾아갔는데, 마침 그 랍비는 두 사람을 앞에 두고 상담 중이었다.

한 사람이 상대편으로부터 폐품을 샀는데, 그 폐품 더미 속에서 많은 돈이 나왔다고 한다. 폐품을 산 사람이 판 사람에게 이렇게 말했다.

"나는 고물 부스러기들을 산 것이지 돈까지 사지는 않았소. 그러므로 이 돈은 마땅히 당신이 돌려받아야 하오."

폐품을 판 사람은 판 사람대로 사양했다.

"무슨 말씀을? 나는 그 고물 부스러기 전체를 판 것이니 그 속에 무엇이 들었건 그건 모두 당신 것이오."

이야기를 모두 들은 랍비가 이렇게 판결을 내렸다.

"당신에게는 딸이 있으며, 또 당신에게는 아들이 있소. 그러므로 둘을 결혼시켜 그들에게 그 돈을 주는 것이 합당하다고 생각하는데 어떻게 생각하오?"

그 광경을 지켜보던 왕에게 랍비가 물었다.

"폐하, 폐하의 나라에서는 이런 경우에 어떤 판결을 내리고 있습니까?"

"우리나라에서는 그럴 경우 두 놈을 모두 죽이고 그 돈을 차지하지. 그것이 우리의 방식이다."

포도밭의 여우

여우 한 마리가 포도밭 울타리 밑에서 포도밭 안으로 들어가려고 안간힘을 쓰고 있었다. 그러나 도무지 울타리를 뚫고 들어갈 방법이 없었다. 궁리에 궁리를 거듭한 끝에 여우는 사흘을 굶은 다음 몸을 홀쭉하게 만들어 겨우 울타리 틈새를 뚫고 들어갔다.

포도밭에 들어간 여우는 맛있는 포도를 실컷 따 먹었다. 그러나 나올 일이 문제였다. 배가 불러서 도저히 다시 빠져나올 수가 없었던 것이다. 그래서 여우는 포도밭 안에서 다시 사흘을 굶은 다음 간신히 빠져나왔다.

울타리를 빠져나온 여우는 이렇게 말했다.

"배가 고프기는 들어갈 때나 나올 때나 마찬가지군."

복수와 증오

 한 사람이 친구에게 낫을 빌려 달라고 했다. 그러자 친구는 안 된다고 거절했다. 얼마 후 친구의 부탁을 거절했던 친구가 반대로 그를 찾아와 말을 빌려 달라고 했다. 그러자 그는 이렇게 거절했다.

"자네가 낫을 빌려주지 않았는데 내가 말을 빌려줄 수 있겠나?"

이것은 복수에 속한다.

반대로 "자네는 나한테 낫을 빌려주지 않았지만, 나는 말을 빌려주겠네."라고 말한다면 이것은 증오에 속한다.

선과 악

　　　　　노아의 홍수 때 이 세상에 존재하
는 모든 것들은 살아남기 위해 노아의
방주로 몰려들었다. 거기에는 '선(善)'도
끼어 있었다. 그러나 노아는 '선'을 방주
에 태우지 않았다.

　"나는 짝이 없는 것은 태우지 않는다."

　그래서 '선'은 황급히 숲속으로 달려가 자기 짝이 될
만한 상대를 찾아 헤맸다. 선은 이윽고 '악(惡)'을 데리고
방주로 돌아왔고, 노아는 그들을 방주에 들였다. 이후로
'선'이 있는 곳에는 언제나 '악'이 함께하게 되었다.

나무의 열매

 한 노인이 뜰에서 묘목을 심고 있었는데 지나가던 나그네가 이것을 보고 노인에게 물었다.

"어르신께서는 이 나무에 언제쯤 열매가 열릴 것으로 생각하십니까?"

"한 50년쯤 지나면 열리지 않겠소?"

나그네는 다시 물었다.

"어르신께서 그때까지 살아 계실 거라고 생각하십니까?"

노인은 이렇게 대답했다.

"아니요. 내가 어렸을 때 우리 과수원에는 과일이 언제나 풍성하게 열려 있었소. 그것은 내가 태어나기 훨씬 전에 내 아버님께서 나를 위해 그 나무들을 심었기 때문이었소. 그래서 나도 지금 내 아버님과 똑같은 일을 하는 중이오."

소경의 등불

한 남자가 칠흑과도 같은 어두운 밤길을 걷고 있었다. 그런데 맞은편에서 한 사람이 등불을 든 채 걸어왔다. 그 사람은 이웃에 사는 시각 장애인이었다.

이상하게 생각한 남자가 시각 장애인에게 물었다.

"당신은 앞을 보지 못하는데 등불이 무슨 소용이 있습니까?"

그러자 그가 대답했다.

"내가 이 등불을 들고 걸어가면, 내가 걷고 있다는 것을 눈뜬 사람들이 잘 알지 않겠습니까!"

초대받지 않은 사람

한 랍비가 사람들에게 조용히 소식을 전
했다.

"내일 아침, 여섯 명이 한자리에 모여
문제 해결을 위해 논의합시다."

그런데 다음 날 아침, 모인 사람은 모두 일곱 명이었다.
랍비가 초대하지 않은 사람이 한 명 끼어 있었던 것이다.
랍비는 자신이 초대하지 않은 사람이 누구인지 도무지 알
수 없었다. 그래서 이렇게 말했다.

"여기에 초대받지 않은 사람은 이 자리에서 나가 주시
기를 바랍니다."

그러자 그들 중 누가 생각해도 그 자리에 있어야 할 랍

비가 침착한 태도로 일어나 나가 버렸다.

왜 그랬을까? 그 자리에 초대받지 않았는데도 초대받은 것으로 잘못 알고 나온 사람이 창피함을 느끼지 않도록, 그가 자진해서 나갔던 것이다.

약속

아름다운 아가씨가 혼자서 산책을 즐기다가 그만 길을 잃고 말았다. 몹시 목이 말랐던 그녀는 한 우물가에 이르자 밧줄을 타고 우물 속으로 내려가 실컷 목을 축였다. 그런데 다시 올라갈 생각을 하니 눈앞이 캄캄했다. 그녀는 도움을 요청했고, 때마침 그 옆을 지나가던 한 젊은이가 그 소리를 듣고 그녀를 구해 주었다.

이를 계기로 두 사람은 연인이 되어 사랑을 맹세하게 되었다. 그런데 며칠 후 젊은이는 아가씨와 작별하고 다시 길을 떠나야 했다. 그들은 서로의 사랑을 성실히 지킬 것을 굳게 약속했다. 아가씨는 그와 결혼하게 될 날을 언제까지나 기다리겠노라고 약속했다. 젊은 청년은 그 약속

에 대한 증인이 필요하다며 주위를 두리번거리다가 마침 옆을 지나던 족제비에게 부탁했다.

"잘됐어요. 저 족제비와 이 우물이 우리 약속의 증인이에요."

그리고 두 사람은 헤어졌다. 아가씨는 약속을 지키기 위해 결혼도 하지 않은 채 젊은이를 기다렸다. 하지만 젊은이는 멀고 먼 타향에서 다른 여자와 결혼해 아이를 낳고 행복하게 살았다. 그는 두 사람의 약속을 까맣게 잊었다.

젊은이는 행복하지 않았다. 그의 아이가 지나가던 족제비에게 물려서 죽고 말았던 것이다. 젊은이와 그의 아내는 몹시 슬퍼했다. 그로부터 몇 년 후, 둘 사이에 다시 아이가 태어났다. 하지만 그 아이도 얼마 후 죽고 말았다. 우물에 비친 자기 모습을 들여다보며 즐거워하다가 그만 빠져 죽은 것이다.

젊은이는 그때야 비로소 옛날의 그 약속이 떠올랐다. 그는 아내에게 지난 일들을 고백하고 아내와 헤어지고는 그 아가씨가 사는 마을로 찾아갔다. 그녀는 그때까지 혼자서 그 젊은이를 기다리고 있었다. 결국 두 사람은 결혼해서 행복하게 살았다.

가정의 평화

설교를 탁월하게 잘하던 랍비가 있었다. 그는 밤이면 교회에서 설교를 했는데 그때마다 수백 명이 그의 설교를 듣기 위해 몰려들었다. 그중 그의 설교를 유달리 좋아하던 여인이 있었는데, 다른 여인들과 달리 그녀는 금요일 밤에도 빠짐없이 그의 설교를 들었다. 일반적으로 유대 여인들은 안식일에 먹을 음식 준비로 금요일 밤을 바쁘게 보냈지만 그 여인은 달랐다.

그날도 랍비는 긴 시간 동안 설교했고, 그녀는 이를 듣고 나서 흐뭇한 마음으로 귀가했다. 그런데 그녀의 남편이 문 앞에서 기다리고 있었다. 남편은 화를 내며 소리를 질렀다.

"내일이 안식일인데, 음식을 장만할 생각도 하지 않고 도대체 어딜 갔다가 이제 오는 거요?"

그녀는 대답했다.

"교회에서 랍비님의 설교를 듣고 왔어요."

그러자 남편은 더욱더 화가 나 말했다.

"그 랍빈가 뭔가 하는 자의 얼굴에 침을 뱉고 오기 전에는 집에 발도 들여놓지 못하게 할 테요!"

쫓겨난 그녀는 하는 수 없이 친구의 집으로 갔다.

이 소문은 랍비의 귀에까지 들어갔고, 그는 자신의 설교가 너무 길어 한 가정의 평화를 깨뜨렸다고 생각했다. 그래서 그는 그 여인을 불러 자기 눈이 몹시 아프다고 호소했다.

"침으로 씻으면 쉽게 낫는다는데 부인께서 좀 씻어 주시겠소?"

그리하여 여인은 랍비의 눈에 침을 뱉게 되었다.

"하늘같이 높은 덕망을 쌓으신 랍비님께서 어찌하여 저 여인에게 얼굴에 침을 뱉도록 허락하셨습니까?"

옆에 있던 사람이 묻자 랍비는 이렇게 대답했다.

"가정의 평화를 위해서는 그보다 더한 일도 감수해야 하네."

지도자의 자질

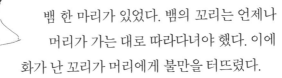

뱀 한 마리가 있었다. 뱀의 꼬리는 언제나 머리가 가는 대로 따라다녀야 했다. 이에 화가 난 꼬리가 머리에게 불만을 터뜨렸다.

"나는 왜 항상 네 꽁무니만 따라다녀야 하는 거야? 왜 넌 나를 무작정 끌고 다니는 거지? 이건 너무나 불공평해. 나만 항상 노예처럼 너한테 끌려다닌다는 게 말이 되냐?"

그러자 뱀의 머리가 말했다.

"꼬리야, 어리석은 소리는 하지도 마. 너한텐 앞을 볼 수 있는 눈이 없고, 위험한 소리를 알아챌 귀도 없고, 행동을 결정할 수 있는 뇌도 없어. 내가 너를 끌고 다니는 건 나 자신을 위해서가 아니야. 그렇게 생각한다면 그건 큰

오해야. 단지 우리 모두를 위하는 일이기 때문에 그렇게 하는 거야."

이 말을 들은 꼬리는 큰 소리로 비웃었다.

"그런 쓸데없는 소리는 귀가 아프도록 들어 왔으니까 나를 설득할 생각은 하지도 마. 독재자나 폭군은 어떤 구실을 만들어서는 자기 행동을 합리화하려고 한단 말씀이야."

그러자 하는 수 없다는 듯 머리가 이렇게 제안했다.

"꼬리야, 네가 정 그렇게 생각한다면 역할을 바꿔 보자."

꼬리는 몹시 기뻐했다. 그러나 꼬리가 앞으로 나가 움직이기 시작한 지 얼마 지나지 않아 뱀은 깊은 개울로 굴러떨어지고 말았다. 머리가 갖은 고생을 다 해서야 뱀은 겨우 도랑에서 기어 나올 수 있었다.

그러고 나서 또 얼마를 기어가다가, 꼬리는 덩굴이 무성한 덤불 속으로 빠지고 말았다. 꼬리가 빠져나오려고 기를 쓰면 쓸수록 가시는 점점 더 몸을 찔렀다. 이번에도 머리의 도움으로 뱀은 가시덤불에서 빠져나왔는데 온몸이 상처투성이였다.

그래도 꼬리는 포기하지 않고 다시 앞장서서 기어가기 시작했다. 그런데 이번에는 산불이 난 곳으로 기어들고 말았다. 뱀의 몸은 점점 뜨거워졌고, 갑자기 눈앞이 캄캄해졌다. 뱀은 공포에 사로잡혔다. 당장 위기에서 벗어나려고 머리가 필사적으로 움직였으나 때는 늦었다. 온몸은 불에 탔고 결국 뱀은 목숨을 잃고 말았다.

세 가지 현명한 일

 한 유대인이 여행하는 도중에 병이 들었다. 살아날 가망이 없다고 낙담한 그는 여관 주인을 불러 이렇게 말했다.

"나는 이제 곧 죽게 될 겁니다. 내 아들이 내가 죽었다는 전갈을 받고 예루살렘에서 여기로 찾아오거든 내 소지품들을 모두 아들에게 내어 주십시오. 제 모든 것이 그 안에 다 있습니다. 단, 아들이 세 가지 현명한 일을 하지 않으면 절대 내 소지품들을 주어서는 안 됩니다. 내가 여행을 떠나올 때 이미 아들에게 '내가 만약 여행 중에 죽는다면 너는 세 가지 현명한 일을 해야만 유산을 상속받게 될 것'이라고 말해 두었습니다."

예루살렘에 있던 그의 아들은 아버지의 죽음을 전해 듣고 아버지가 돌아가신 마을을 찾아왔다. 그는 아버지가 돌아가신 여관을 찾을 수가 없었다. 그의 아버지가 죽기 직전에, 그 여관의 위치를 아들에게 알려 주지 말라는 유언을 남겼기 때문이었다. 아들은 자기 힘으로 여관의 위치를 알아내야만 했다.

고민하던 그는 때마침 옆을 지나던 땔감 장수에게 장작을 샀다. 그리고 그 장작을 예루살렘에서 온 유대인이 죽은 여관으로 배달해 달라고 주문했다. 그러고 나서 그는 땔감 장수의 뒤를 따랐다. 그가 행한 첫 번째 현명한 일이었다.

여관집 주인은 그 아들을 기꺼이 맞이해 방으로 불러들인 다음 저녁 식사를 대접했다. 식탁에는 비둘기 다섯 마리와 닭 한 마리가 요리되어 있었다. 식탁에는 주인 부부와 아들 둘, 딸 둘이 함께 자리해 모두 일곱 사람이 둘러앉게 되었다.

주인이 그 남자에게 이렇게 말했다.

"자, 그럼 이제부터 여기 앉은 모두에게 음식을 나누어 주시기 바랍니다."

그러자 그가 손을 내저으며 말했다.

"아닙니다. 음식은 주인장께서 나누어 주시는 편이 옳

을 것 같습니다."

주인은 말했다.

"아니지요. 우리 집에 온 손님이니까 당
신이 좋을 대로 나누어 주시는 것이 이치에
맞습니다."

그는 할 수 없이 음식을 나누어 주었다. 그는 우선 비
둘기 한 마리를 주인의 두 아들에게 나누어 주었고, 그다
음에는 비둘기 한 마리를 두 딸에게 나누어 주었다. 그리
고 남은 세 마리 중 한 마리를 주인 부부에게 준 다음, 나
머지 두 마리를 자기 접시에 담았다. 이것은 그가 행한 두
번째 현명한 행동이었다.

집주인은 몹시 못마땅했으나 아무 말도 하지 않았다.
그리고 남자는 다시 닭 한 마리를 가지고 나누기 시작했
다. 우선 닭의 머리를 떼어 주인 부부에게 준 다음, 두 다
리를 떼어 두 아들에게 주었고, 두 날개를 떼어 두 딸에게
주었다. 나머지 커다란 몸통은 자기 몫으로 차지했다. 아
들이 행한 세 번째 현명한 일이 바로 그것이었는데, 이 모
습을 지켜보던 주인은 더는 참을 수 없다는 듯 벌컥 화를
내며 소리쳤다.

"이것 보시오. 예루살렘에서는 그런 식으로 하는가 보
지요? 당신이 비둘기 요리를 나누어 줄 때는 아무 말도 안

했지만 닭 요리까지 그런 식으로 나누다니, 더는 참을 수 없소! 도대체 그렇게 하는 이유가 뭐요?"

그러자 아들이 차분히 설명했다.

"처음부터 저는 이 일을 맡고 싶지 않았습니다. 그러나 거절하는 것도 예의가 아닌 듯해서 저는 최선을 다했습니다. 이렇게 나눈 이유를 설명해 드리지요. 먼저 어르신 내외분과 비둘기 한 마리를 합하면 셋이요, 두 아드님과 비둘기 한 마리를 합하면 또한 셋이요, 두 따님과 비둘기 한 마리를 합하면 역시 셋이 됩니다. 저와 비둘기 두 마리를 합하면 그 또한 셋 아닙니까? 그러니 이보다 더 공평하게 나누는 방법이 세상에 또 어디 있겠습니까?

닭 요리도 마찬가지입니다. 주인 내외분께선 이 집안의 어른이시라 닭의 머리를 드린 것이고, 두 아드님은 이 집안의 기둥이므로 닭의 두 다리를 드린 것이고, 두 따님은 이제 머지않아 날개가 돋쳐 시집갈 것이므로 닭의 날개를 드린 것입니다. 그리고 저는 이곳에 올 때 배를 타고 왔으며, 돌아갈 때도 배를 타고 돌아가야 하므로 배와 같은 모양을 한 몸통을 가졌습니다."

아들은 말을 이었다.

"이제 아버님의 유산을 돌려주시면 고맙겠습니다."

가장 안전한 재산

유람선을 타고 여행하던 승객들 사이에서 한바탕 이야기꽃이 피었다. 배에 탄 여행객들은 대부분 큰 부자였는데, 그중 가난한 랍비가 한 사람 끼어 있었다. 부자인 승객들은 서로의 재산을 비교해 가면서 부유함을 자랑했다. 그들은 랍비에게 재산이 얼마나 되느냐고 물었다. 랍비는 말했다.

"나는 나 자신이 누구 못지않은 부자라고 생각하고 있소만, 지금 당장 내 재산을 당신들에게 보여 드릴 수 없는 것이 유감이오. 재물은 눈에 보이는 일시적인 재산이나, 지식은 보이지 않는 영원한 재산이기 때문이오."

몇 시간 후, 해적들이 나타나 그 배를 습격했다. 부자임을 자랑하던 사람들은 금은보화를 비롯한 전 재산을 해적들에게 약탈당했다. 승객들은 간신히 목숨을 유지했고, 배는 가까스로 어느 항구에 다다랐다. 가진 것을 모두 강탈당한 그들은 할 수 없이 그 마을에 정착할 수밖에 없었다.

랍비는 그곳 마을 사람들로부터 높은 지식과 교양을 인정받아 쉽게 자리를 잡았다. 반면 랍비와 함께 배에 탔던 부자들은 모두가 비참한 가난뱅이로 전락해 어려운 생활을 하게 되었다. 그중 한 사람이 랍비에게 말했다.

"랍비님. 랍비님의 말씀이 옳았습니다. 지식을 소유한 사람은 모든 것을 다 소유한 것이나 다름없습니다."

그렇다. 지식이란 남에게 빼앗길 일이 없는 가장 안전한 재산이다.

천국과 지옥

한 아들이 아버지에게 닭을 잡아서 대접했다.

"얘야. 이게 어디서 난 닭이냐?"

아들이 대답했다.

"아버지. 쓸데없는 걱정은 하지 마시고 어서 많이 잡수세요."

어떤 다른 아들은 아버지를 도와 방앗간에서 밀을 빻는 일을 하고 있었다. 그런데 임금이 온 나라의 방아꾼들을 소집한다는 포고를 내렸다. 그는 아버지에게 계속 방아를 찧게 하고는 짐을 꾸려 왕궁으로 향했다.

이 두 아들 중 죽은 후 누가 천당에 가고, 누가 지옥에

갔을까? 그 이유는 무엇일까?

　　　방아꾼 아들은 임금이 방아꾼들을 소집해 혹사시킬 것을 예상했기 때문에 아버지 대신 자신이 왕궁으로 갔다. 따라서 방아꾼 아들이 천당에 갔다.

첫 번째 아들은 아버지에게 닭을 잡아 대접했으나 묻는 말에 제대로 대답하지 않았기에 죽은 후 지옥에 갔다. 정성이 담긴 극진한 대접을 하는 게 아니라면 차라리 부모가 일하게 하는 편이 낫다.

인생의 세 친구

한 젊은이가 임금으로부터 소환장을 받았다. 임금의 소환장을 받은 그는 혹시 벌이 내려질지 모른다는 생각에 홀로 임금에게 갈 용기가 나지 않았다. 그래서 친구에게 함께 가 달라고 부탁했다.

그 젊은이에게는 세 친구가 있었다. 첫 번째 친구는 그가 매우 소중하게 여기는 죽마고우로 세상에 둘도 없는 다정한 친구라고 생각하고 있었다. 두 번째 친구 또한 그가 아끼는 친구였으나 첫 번째 친구만큼 소중하게 여기지는 않았다. 세 번째 친구는 그저 친구라고만 생각할 뿐 별로 관심을 두지 않았다.

젊은이는 우선 첫 번째 친구에게 함께 가 달라고 부탁했다. 그러나 그 친구는 아무 이유도 말하지 않은 채 그냥 싫다고 거절했다. 그래서 두 번째 친구에게 부탁했다.

"대궐 문 앞까지는 함께 가 줄 수 있어. 그 이상은 곤란해."

절망한 젊은이는 세 번째 친구에게 함께 가 달라고 부탁했다. 그러자 그 친구는 흔쾌히 대답했다.

"물론 함께 가 주고말고. 자네는 나쁜 짓을 저지르지 않았으니 전혀 무서워할 필요가 없네. 내가 임금님께 함께 가서 잘 말씀을 드려 줌세."

세 친구는 각각 무엇을 뜻하며, 왜 그렇게 말했을까?

첫 번째 친구는 재산을 상징한다. 사람이 재산을 아무리 소중히 여기고 사랑한다고 할지라도, 죽을 때는 고스란히 남겨 둔 채 떠나야 한다. 두 번째 친구는 혈육과 친척을 상징한다. 혈육은 무덤까지는 따라가 주지만, 그를 무덤 속에 남겨 둔 채 돌아가 버린다. 세 번째 친구는 선행(善行)을 상징한다. 선행은 평소에 남의 눈길을 끌지 못하더라도, 선행한 사람이 죽은 뒤 영원히 그와 함께한다.

술의 기원

태초에 사람이 포도나무를 심고 있을 때, 사탄이 찾아와서 무엇을 하고 있느냐고 물었다. 사람이 대답했다.

"나는 지금 기가 막히게 좋은 식물을 심고 있다. 이 식물이 자라면 대단히 달콤하고 맛있는 열매가 주렁주렁 열릴 텐데, 그 열매의 즙을 짜서 마시면 누구나 황홀해지고 행복해질 것이다."

이 말을 들은 사탄은 자기도 그 나무를 함께 심게 해 달라고 졸랐다. 사탄은 양과 사자와 원숭이와 돼지를 차례로 끌고 와서 죽인 다음, 그 피를 거름으로 주었다. 이것이 포도주가 생긴 기원이다.

술이란 처음 마시기 시작할 때는 양처럼 온순해지게 하지만, 조금 더 마시면 사자처럼 사나워지게 하고, 거기서 더 마시게 되면 원숭이처럼 춤추고 노래 부르게 한다. 그래도 멈추지 않고 계속 마시면 토하고 뒹굴며 형편없는 꼴이 되어 돼지처럼 추해진다. 이것이야말로 사탄이 사람에게 준 선물이다.

효도다운 효도

고대 이스라엘에 살고 있던 한 남자의 이야기이다. 그는 금화 3천 개의 값어치에 해당하는 커다란 다이아몬드를 가지고 있었다.

하루는 한 랍비가 그 다이아몬드에 대한 소문을 듣고는 남자를 찾아갔다. 랍비는 사원의 정자 장식에 그의 다이아몬드를 쓰려고 시가의 두 배에 해당하는 금화 6천 개를 들고 갔다. 마침 남자의 아버지가 낮잠을 자고 있었는데, 하필이면 베개 밑에 다이아몬드를 보관한 금고 열쇠를 넣어 두고 있었다.

남자가 랍비에게 말했다.

"아무리 두 배 값을 내신다고 해도 주무시는 아버님을

깨울 수는 없습니다. 다이아몬드를 팔지 못하겠습니다.

  랍비는 남자의 효성에 감복했고, 그 아버지가 깨어날 때까지 기다려 다이아몬드를 샀다.

어머니

한 랍비가 어머니와 함께 길을 걷고 있었다. 길이 무척이나 험했다. 크고 작은 돌이 무질서하게 깔려 있었고, 길이 울퉁불퉁 패여 있어서 걷기가 무척이나 힘들었다. 랍비는 어머니가 발걸음을 옮길 때마다 돌을 치워 땅을 고르게 했다. 그런데도 걷기가 수월하지 않자 랍비는 어머니가 한 걸음씩 옮길 때마다 자기 손을 어머니의 발밑에 받쳐 드렸다.

노력의 대가

한 포도밭에서 많은 일꾼이 일하고 있었다. 그중 능력이 매우 탁월한 일꾼이 있었다. 그는 남들보다 몇 배 많은 일을 하는 훌륭한 일꾼이었다. 그러나 그는 오전에만 일하고 오후에는 농장 주인과 함께 포도밭 이곳저곳을 둘러보며 시간을 보냈다.

포도밭 주인은 매일 일이 끝나면 일당을 지불했는데 모든 일꾼에게 동일한 액수를 주었다. 그러자 일꾼들이 여기저기서 웅성대다가 한 사람을 가리키며 불만을 터트렸다.

"저 친구가 오늘 일한 시간은 세 시간밖에 되지 않습니다. 나머지 시간은 주인어른과 함께 산책만 했습니다. 그런데도 우리와 똑같은 일당을 받는 것은 형평의 원칙에

어긋납니다."

그러자 농장주가 조용히 말했다.

"이 사람은 오늘 너희가 온종일 일한 것보다 더 많은 양의 일을 세 시간 동안 해치웠다. 정녕 형평에 어긋나는 일이 무엇인지 따져 보고 싶으냐?"

나무와 쇠

쇠가 처음으로 세상에 등장했을 때, 온갖 나무들은 무서움에 몸을 떨었다. 그러자 신께서 나무들을 향해 이렇게 말씀하셨다. "너희는 근심하지 말라. 쇠는 너희가 자루를 제공하지 않는 한 너희를 해칠 수 없을 것이니라."

영원한 생명

한 랍비가 시장에 가서 장사꾼들에게 이렇게 말했다.

"이 시장 안에는 영원한 생명을 약속받을 만한 자격을 갖춘 사람이 있습니다."

그러나 장사꾼들이 볼 때 그곳 어디에도 그런 자격을 갖춘 사람이 있을 것 같지 않았다. 랍비는 두 사내를 가리켜 말했다.

"이 두 분이 바로 많은 선행을 베풀고 있는 사람으로, 영원한 생명을 약속받을 만한 충분한 자격을 갖춘 분들입니다."

장사꾼들이 두 사내에게 물었다.

"두 분께선 대체 무슨 장사를 하고 계십니까?"

그러자 한 사람이 대답했다.

"우리 둘은 광대입니다. 쓸쓸한 분들에게 웃음을 안겨 드리고, 싸우는 분들에게는 평화를 안겨 드리지요."

인생의 쾌락

　망망대해를 항해하던 배가 큰 폭풍우를 만나 항로를 잃었다. 얼마 후 파도가 잠시 잠잠해진 틈을 타서 배는 근처에 있는 섬으로 이동했다. 사람들은 배의 닻을 내리고 그곳에 잠시 머무르며 폭풍우가 완전히 물러나기를 기다렸다.

　섬에는 진귀하고 아름다운 꽃들이 만발해 있었고, 먹음직스러운 과일이 주렁주렁 달린 나무들이 지천으로 널려 있었다. 배에 타고 있던 사람들은 다섯 부류로 나뉘었다.

　첫 번째 부류는 배가 언제 다시 출항할지에 촉각을 곤두세웠다. 그러다 보니 아름다운 섬을 구경할 생각은 하지도 않고 배가 빨리 출항하기만을 기다렸다.

　두 번째 부류는 서둘러 섬으로 내려가 향기로운 꽃향기

를 맡으며 풍성한 과일로 허기진 배를 채웠다. 에너지를 충전한 후 그들은 재빨리 배로 돌아왔다.

세 번째 부류는 섬에 내려가 아주 여유롭게 즐겼다. 너무 느긋하게 즐기던 바람에 배를 놓칠 뻔했지만, 허둥지둥 배로 달려가 다행히 출항 직전에 승선할 수 있었다.

네 번째 부류는 선원들이 닻을 걷어 올리는 것을 보면서도 서두르지 않았다. 출항 직전까지 시간이 충분하다고 생각했고, 설마 자기들을 두고 가겠느냐고 생각했다. 그런데 배가 포구로부터 미끄러져 나가자, 당황한 그들은 허겁지겁 물에 뛰어들어 헤엄쳐서야 겨우 배에 오를 수 있었다. 그러나 배를 놓치지 않으려고 죽을힘을 다해 헤엄치는 바람에 온몸은 상처투성이가 되었다. 여기저기 돌에 부딪혀 피를 흘렸다.

마지막으로 다섯 번째 부류는 섬에 내려가 그 경치에 도취해 먹고 즐기기에 바빠 배가 출항하는 것도 몰랐다. 섬에 남겨진 그들은 결국 맹수에 쫓기거나 독이 든 열매를 먹고 죽었다.

만약 당신이 이 배의 승객이었다면, 어떤 부류였을까?

첫 번째 부류는 인생의 쾌락을 아주 무시한 사람들이었다.

두 번째 부류는 알맞게 쾌락을 맛보았고, 배를 타고 목적지에 가야 한다는 생각을 버리지 않았다. 가장 지혜로운 사람들이라 할 수 있다.

세 번째 부류는 심각할 정도로 쾌락에 빠지지는 않았으나 어느 정도 고생을 감수해야 했다.

네 번째 부류는 결국 배로 돌아오기는 했으나 너무 늦어 고생했고, 부상당해 목적지에 도착할 때까지 몸이 아팠다.

가장 경계해야 할 부류는 다섯 번째다. 그들은 일생을 향락과 허영에 빠져 앞날의 일을 망각한 채 사는 사람들이다. 그런 사람들은 바로 앞에 닥칠 불행한 죽음조차 전혀 예견하지 못하고 오로지 쾌락에만 빠져 시간을 낭비한다.

진정한 이득

랍비 몇 사람이 길을 걷다가 악인의 무리와 마주쳤다. 세상에서 가장 교활하고 잔인한 악한들이었다.

랍비 한 사람이 "이런 자들은 몽땅 물에 빠져 죽어 버리기라도 했으면 좋겠군." 하고 말했다.

그러자 그중 가장 나이 많은 랍비가 타이르듯 말했다.

"그것은 안 될 말이야. 유대인으로서 그런 생각을 한다는 건 옳지 않아. 이 악한들이 죽어 버리는 게 세상에 도움이 된다고 하더라도, 그런 생각을 하면 안 돼. 악한 자들이 죽기를 바라는 것보다는 참회하기를 바라는 것이 옳은 일이야."

악인을 벌하는 일은 아무런 득이 되지 않는다. 그들이
잘못을 뉘우치게 해 자기편으로 만드는 것이 옳은 일이다.

거미

다윗 왕은 평소에 거미를 아무짝에도 쓸모없는 보잘것
없는 벌레로 생각했다. 거미는 때와 장소를 가리지 않고
아무 곳에나 거미줄을 치는 불결한 놈이라고 여겼다.

그러던 어느 날, 다윗 왕은 전쟁터에서 적군에게 포위
되는 위기를 당했다. 다급해진 그는 한 동굴 속으로 급히
몸을 피했는데 마침 거미 한 마리가 동굴 입구에 거미줄
을 치기 시작했다. 뒤쫓아온 적군이 그 동굴 앞에 이르렀
는데, 그들은 거미줄이 쳐 있는 것을 보고는 사람이 출입
하지 않는 동굴로 판단하고는 돌아섰다. 결국 다윗 왕은
거미 덕분에 목숨을 구하게 되었다.

맹세의 편지

젊은 남자와 아름다운 여인이 있었다. 두 사람은 사랑하게 되었고, 남자는 일평생 그 여자에게 성실하겠다고 편지를 써서 맹세했다. 두 사람은 얼마 동안 행복한 나날을 보냈다.

그러던 어느 날 남자는 여자를 남겨 둔 채 여행을 떠났다. 여자는 그가 돌아오기를 손꼽아 기다렸으나 그는 돌아오지 않았다. 그녀의 가까운 친구들은 그녀를 불쌍히 여겼고, 그녀를 시기하는 사람들은 남자가 영원히 돌아오지 않을 것이라며 비웃었다.

여자는 남자가 사랑을 맹세한 편지를 반복해서 읽으며 그를 기다렸다. 그렇게 오랜 시간을 보낸 여자 앞에 어느 날 갑자기 남자가 나타났다. 여자는 오랫동안 자신이 겪은 슬픔을 호소했다. 남자가 그녀에게 물었다.

"그토록 괴로운 세월 동안 어째서 나만을 기다렸단 말이오?"

여자가 웃으며 대답했다.

"저는 이스라엘 같은 몸이라서 그랬어요."

이스라엘 민족이 나라를 빼앗기고 떠돌던 시절, 다른 나라 사람들은 모두 그들을 비웃었다. 이스라엘의 현인들은 바보 취급당했다. 그 누구도 이스라엘이 나라를 되찾고 독립할 것이라고 말하지 않았다.

그러나 이스라엘 민족은 하느님께서 그들에게 주신 맹세를 계속해서 읽으며, 거룩한 약속을 굳게 믿고 견뎌 냈다. 그리고 마침내 하느님께서는 약속을 지키셨다.

아담과 하와

〈구약성서〉를 보면 인류 최초의 여성인 하와는 하느님
께서 아담의 갈비뼈 하나를 빼내 만든 존재라고 나온다.

어느 날 황제가 한 랍비의 집에 찾아가 따지며 물었다.

"하느님은 도둑이나 다름없다. 어째서 남자의 갈비뼈를
훔쳐 갔단 말이냐?"

그러자 옆에서 듣고 있던 랍비의 딸이 끼어들었다.

"황제 폐하. 폐하의 부하 한 사람만 제게 보내 주십시
오. 좀 난처한 문제가 생겨서 그것을 알아보고자 하옵니
다."

"그야 어렵지 않지. 네가 말하는 그 난처한 문제가 무엇
이냐?"

"실은 어젯밤 우리 집에 도둑이 들어 금고를 훔쳐 갔습니다. 그런데 그 도둑이 금고를 가져간 대신 황금 항아리를 놓고 갔습니다. 이것이 난처한 일이 아니고 무엇이겠습니까? 그래서 그 까닭을 조사해 보고자 합니다."

"그건 난처한 일이 아니라 오히려 부러운 일이로다. 까닭을 조사할 필요가 있겠느냐? 그런 도둑이라면 언제든 환영하겠다."

랍비의 딸이 말했다.

"그렇게 말씀하실 줄 알았습니다. 하느님께서 아담의 갈비뼈 한 개를 가져가신 일도 그와 다름없지 않습니까? 하느님께서는 갈비뼈 한 개를 가져가신 대신 그 이상의 값어치가 있는 보물, 즉 여자를 세상에 남겼으니까요."

그 말을 들은 황제는 아무 말도 하지 못했다.

여성의 위력

 착한 두 남녀가 함께 살았는데 어쩔 수 없는 이유로 이혼하게 되었다. 얼마 후 남자와 여자는 각각 재혼했다.

남자는 마음이 악한 여자와 재혼했는데 얼마 후 남자는 아내의 심성을 그대로 닮아 버렸다. 그 남자 부부는 마을에서 아주 유명한 악인으로 소문이 났다.

한편 남자의 전 부인 역시 악한 남자를 만나게 되었다. 그러나 그녀의 남편은 아내처럼 착한 심성을 가지게 되었다. 남성이란 언제나 여성에 의해 만들어지기 마련이다.

유대인의 의무

유대인 중에 속세를 완전히 떠나서 10년 동안 공부에만 전념한 사람이 있다면, 그는 10년 후 하느님께 용서를 빌어야 한다. 이유는 간단하다. 아무리 훌륭한 공부를 했더라도 자신을 사회로부터 격리하는 것은 크나큰 죄악이기 때문이다. 유대인 사회에서는 그런 사람을 좀처럼 찾아볼 수가 없다.

법률

유대인들 사이에서는 대부분의 사람
들이 지킬 수 있는 법률을 만들어야
한다는 원칙이 있다. 지킬 수 없는 법률을
만드는 것은 소용없는 일이라 여기기 때문이다.

벌거숭이 임금님

　마음씨 좋은 부자가 있었다. 그는 자기 노예에게 많은 재물을 주면서 이렇게 말했다.

　"이제부터 너는 자유의 몸이다. 네가 가고 싶은 곳으로 가서 이 재물로 행복하게 살아라."

　노예는 배를 타고 떠났으나 폭풍우를 만나 배가 침몰하고 말았다. 배에 실었던 재물들은 모두 사라졌고 노예는 겨우 목숨만 부지할 수 있었다. 가까스로 헤엄쳐 어떤 섬에 도착한 노예는 슬픔에 잠겨 섬 안쪽으로 걸어가다가 놀라운 광경을 만났다. 섬사람들이 모두 달려 나와 환호성을 외치며 "임금님, 만세!"라고 외치는 것이었다.

　그는 사람들에 의해 화려한 궁전으로 안내되어 거기서

살게 되었다. 마치 꿈을 꾸는 듯했다. 그는 도대체가 믿어지지 않아 어떤 사람에게 그 이유를 물었다.

"아무리 생각해도 알 수 없는 노릇일세. 가진 것 하나 없이 벌거숭이로 섬에 도착한 나를 임금으로 받아 준 이유를 말이야."

그러자 그가 말했다.

"우리는 사람이 아니라 영혼입니다. 그래서 살아 있는 사람이 이곳에 오면 우리는 그를 임금으로 맞이하고 있습니다. 다만, 이 점은 알아야 합니다. 또 다른 사람이 이곳에 오면 임금님은 황무지로 쫓겨날 것입니다."

"정말 고맙군. 그게 사실이라면 나는 지금부터 그때를 대비해 부지런히 여러 가지를 준비해야겠군."

그리하여 그는 황무지를 개간하기 시작했다. 황무지에 꽃도 심고 과수도 심어 먹을거리를 풍성하게 했고, 집도 마련했다. 그는 얼마 후 다음 왕에게 자리를 넘겨주고 그곳에 도착할 때처럼 벌거벗은 몸으로 쫓겨났다.

그러나 그는 계속해서 행복하게 살았다. 황무지에는 아름다운 꽃이 가득했고, 나무에는 과일들이 주렁주렁 열려 있었기 때문이었다. 현재에 만족하지 않고 충실히 미래를 준비한 자가 누릴 수 있는 기쁨이 바로 그것이다.

만찬회

　　　　임금님이 하인들을 만찬회에 초대하
겠다고 약속했다. 만찬회가 언제 열릴 것
인지는 말하지 않았다. 하인들의 반응은 두
가지로 나뉘었다.

　한 무리는 "언제 만찬회가 열릴지 모르는 일이니, 당장
이라도 만찬회에 참석할 수 있도록 미리 준비하자. 가능
하면 집에서 멀리 벗어나지 말아야지. 멀리 있다가 만찬
회 초대를 놓치면 안 되니까."라고 현명하게 생각했다.

　다른 무리는 "만찬회를 열려면 상당한 준비가 필요하
겠지. 아직 시간이 많이 남았어."라고 느긋하게 생각해 아
무런 준비를 하지 않고 일상에 전념했다. 그런데 바로 몇

시간 후 만찬회가 열렸고, 아무런 준비를 하지 않은 하인
들은 참석하지 못했다.

소경과 절름발이

 '오차'라고 불리는 맛있는 과일나무가 있었다. 이 나무의 주인이 두 사람을 시켜 나무를 지키도록 했다. 그 중 한 명은 시각 장애인이었고, 한 명은 절름발이였다. 그런데 두 사람은 변심해 함께 '오차'를 따 먹기로 했다. 그들은 의논 끝에 시각 장애인의 목에 절름발이를 태운 후 과일을 땄다.

나중에 과일이 없어진 것을 안 주인은 몹시 화가 나서 두 사람을 대질심문했다. 시각 장애인은 앞을 볼 수 없으므로 따 먹을 수 없었다고 말했고, 절름발이는 너무 높은 곳에 과일이 달려 있어서 따 먹을 재간이 없었노라고 발

뺌했다.

　주인은 두 사람이 매우 의심스러웠지만, 증거는 없고 모두 이치에 맞는 말이라 어쩔 수 없이 둘 중 아무도 벌하지 못했다.

잃어버린 물건

한 랍비가 로마에 도착해 보니 거리에 다음과 같은 포고문이 붙어 있었다.

"왕비님께서 매우 값비싼 장신구를 잃어버렸다. 30일 이내에 그것을 찾아오는 자에게는 커다란 상을 내리겠다. 만일 30일 이후에 그것을 가지고 있는 자가 발견되면 즉시 사형에 처하겠다."

랍비는 우연히 그 장신구를 습득하게 되었다. 그는 그것을 가지고 있다가 31일째 되는 날 왕궁에 가져가 왕비 앞에 내놓았다. 왕비가 물었다.

"나는 30일 전에 포고문을 거리에 붙이게 했는데, 당신은 그것을 못 보았소?"

랍비가 보았다고 대답하자, 왕비가 또
물었다.

"30일이 지난 다음에 이것을 가지고 오
면 어떤 벌을 받게 되는지 알고 있소?"

랍비는 역시 알고 있다고 대답했다. 이에 왕비가 다시
물었다.

"그렇다면 왜 30일이 지나도록 이것을 가지고 있었소?
만일 이것을 하루만 일찍 가져왔다면 커다란 상을 받았을
것이오. 당신은 목숨이 아깝지 않소?"

랍비가 대답했다.

"만약 제가 30일 이내에 이것을 돌려 드렸더라면, 사람
들은 제가 왕비님을 두려워한다고 생각했을 것입니다. 그
래서 저는 오늘까지 기다렸다가 가져온 것입니다. 제가
이 세상에서 두려워하는 대상은 오직 하느님뿐이라는 사
실을 사람들에게 알려 주고 싶었을 따름입니다."

희망

한 랍비가 작은 등불 하나를 손에 들고 나귀 한 마리와 개 한 마리를 데리고 여행길에 나섰다. 날이 어두워지자 랍비는 헛간에서 여장을 풀게 되었는데, 잠들기에는 아직 이른 시간이라 등불을 켜고 책을 읽기 시작했다. 그런데 바람이 불어와 등불이 꺼져 랍비는 할 수 없이 잠을 청했다. 그런데 그날 밤 사자가 헛간에 들어와 그의 개와 나귀를 물어가 버렸다.

날이 밝자, 랍비는 등불 하나만을 손에 든 채 터벅터벅 길을 떠났다. 그런데 마을엔 사람의 그림자는커녕 개미 한 마리도 보이지 않았다. 알고 보니 전날 밤 도적 떼가 그 마을을 습격해 재물을 빼앗고 사람들을 모조리 죽인 것이

었다.

만일 지난 밤 등불이 꺼지지 않았더라면, 랍비도 도적 떼에게 발견돼 죽음을 면치 못했을 것이다. 그리고 만일 사자가 개와 나귀를 죽이지 않았더라면 개가 짖어대 역시 도적 떼를 불러들였을 것이다. 결국 그가 살아남게 된 것은 불행처럼 보이는 일들 덕분이었다.

랍비는 이렇게 말하며 안도했다. "사람이란 최악의 상황에서도 희망을 품을 필요가 있다. 불행처럼 보이는 일이 행운인 경우가 얼마든지 있기 때문이다."

유대인을 미워한 황제

　　별다른 이유도 없이 유대인을 싫어하는 황
제가 있었다. 어느 날 한 유대인이 그의 앞을
지나게 되었다.

　　"황제 폐하, 안녕하셨습니까?"

그 유대인이 이렇게 인사하자 황제가 물었다.

"너는 도대체 누구냐?"

"저는 유대인이옵니다."

그러자 황제는 버럭 화를 냈다.

"건방진 녀석이다. 하찮은 것이 감히 대제국의 황제인
내게 인사하다니, 당장 저놈의 목을 잘라 처형하라!"

　　그다음 날 다른 유대인 한 사람이 황제의 앞을 지나게

되었다. 그런데 그 유대인은 황제에게 인사하지 않았다. 그러자 이번에도 황제는 화를 냈다.

"감히 대제국의 황제인 내게 인사하지 않다니 괘씸한 놈이로다. 당장 저놈의 목을 쳐라!"

그러자 대신들이 의아한 얼굴로 이렇게 물었다.

"황제 폐하. 폐하께서 어제는 폐하께 인사한 죄로 처형하셨사옵니다. 어느 쪽이 옳은 처사입니까?"

황제가 대답했다.

"양쪽 다 옳은 처사로다. 그대들은 잘 모르고 있구나. 나는 유대인을 대하는 방법을 잘 알고 있도다."

그는 유대인이 무슨 잘못을 했거나 하지 않았거나, 단지 유대인이라는 이유만으로 사람을 죽였다.

꿈과 암시

로마 군대의 장군이 한 랍비를 찾아가 말했다.

"나는 유대인이 무척 현명하다는 말을 들었다. 오늘 밤, 내가 어떤 꿈을 꿀 것인지 가르쳐 줄 수 있겠나?"

당시 로마 군대는 페르시아 군대를 상대로 전투 중이었다. 랍비는 이렇게 대답했다.

"페르시아 군대가 로마에 기습을 단행해 로마를 쳐부수고 로마를 지배하고 로마인들을 노예로 삼고, 로마인들이 가장 싫어하는 일들을 시키는 꿈을 꾸실 겁니다."

이튿날 아침, 장군은 랍비를 찾아와 신기한 듯 이렇게

 물었다.

"어젯밤, 당신이 예언한 대로 꿈을 꾸었소. 당신은 어떻게 내 꿈을 그토록 정확히 맞힐 수 있었소?"

장군은 꿈이란 암시를 받음으로써 꾸게 된다는 사실을 모르고 있었다. 그는 랍비의 암시에 걸려서 그 같은 꿈을 꾼 것이었다.

기도

한 배에 여러 나라 사람들이 타고 있었는데, 갑자기 폭풍우가 닥쳤다. 사람들은 각기 자기 나라에서 믿는 신에게 기도를 올렸다. 그러나 폭풍우는 멎을 줄을 모르고 오히려 더 심해졌다. 그들은 일제히 유대인에게 물었다.

"당신은 왜 기도하지 않는 거요?"

그러자 유대인이 기도를 올리기 시작했고 폭풍우는 즉시 멎었다. 배가 무사히 항구에 도착했을 때 사람들이 유대인에게 물었다.

"우리 모두 열심히 기도했을 때는 효과가 없었소. 그런데 당신이 기도하자 금방 폭풍우가 잠잠해졌소. 당신은 그 이유가 뭐라고 생각하시오?"

유대인은 이렇게 대답했다.

"그 이유는 나도 정확히 알 수 없습니다. 다만, 여러분은 각자 여러분의 나라에서 믿는 신에게 기도했습니다. 바빌로니아에서 오신 분들은 바빌로니아의 신께 기도했고, 로마에서 오신 분들은 로마의 신께 기도했습니다. 하지만 바다는 그 어느 나라에도 속해 있지 않습니다. 우리 유대인은 온 우주를 다스리는 위대한 신 한 분께만 기도를 올립니다. 그래서 바다에서 기도를 올린 내 소원을 들어주신 것 같습니다."

마을을 지키는 사람

한 랍비가 시찰관 두 사람을 마을로 보냈다. 두 시찰관은 마을로 가서 "이 마을을 지키는 사람을 만나서 좀 조사할 일이 있습니다."라고 말했다. 그러자 마을의 치안 담당관이 나왔다.

"아뇨. 우리는 이 마을을 지키고 있는 사람을 만나러 왔습니다."

그러자 이번에는 마을의 수비대장이 나타났다. 두 시찰관은 다음과 같이 말했다.

"우리가 만나고 싶은 사람은 치안 담당관이나 수비대장이 아니라 학교의 선생님입니다. 마을을 지키는 사람은 학교 선생님입니다."

시집가는 딸에게

　사랑하는 내 딸아. 만약 네가 남편을 왕처럼 섬긴다면 그는 너를 여왕처럼 대우할 것이다. 만약 네가 하녀처럼 행동한다면 그는 너를 하녀 취급할 것이다. 네가 자존심을 내세워 남편에게 정성을 다하지 않는다면 그는 너를 힘으로 정복해 하녀 삼아 버릴 것이다.

　네 남편이 친구의 집을 방문할 때는 목욕하고 정장을 입고 나가게 하라. 남편 친구가 집에 찾아왔을 때는 성의를 다해서 극진히 대접하라. 그럼 남편은 너를 소중히 여길 것이다. 너는 언제나 가정에 마음을 쓰고, 남편의 소지품을 소중히 다루어라. 그럼 남편은 네 머리 위에 왕관을 씌워 줄 것이다.

의사소통

　로마 황제가 이스라엘의 한 랍비와 두터운 친분을 유지하고 있었다. 두 사람은 양국 관계가 악화될 때도 여전히 친밀한 관계를 유지했다. 그러나 로마 황제와 이스라엘의 랍비가 절친한 사이라는 것은 숨겨야 했다. 만일 이 사실이 이스라엘 사람들에게 알려진다면, 엄청난 사태가 벌어질 수도 있었다. 그래서 로마 황제는 이스라엘의 랍비에게 뭔가 물어보고 싶은 것이 있으면, 하인을 보내 간접적으로 그의 의견을 알아보곤 했다.

　어느 날, 황제가 하인을 통해 랍비에게 편지를 전했다.

　"내가 원하는 바가 두 가지 있다. 첫째는 내가 죽고 난 후 내 아들이 황제의 자리를 잇는 것이오. 둘째는 이스라

엘의 한 도시를 관세 자유도시로 만드는 것이다. 그러나 나는 이 두 가지 중 한 가지밖에 성공하지 못할 것 같은 예감이 든다. 이 두 가지 모두 성공할 방법이 없겠는가?"

하인이 돌아오자 황제가 물었다.

"수고했다. 편지를 받고 나서 그가 어떻게 하더냐?"

하인이 말했다.

"그는 편지를 읽더니 자기 아들을 어깨에 태우고는 아들에게 비둘기를 주어 하늘 높이 날려 보내게 했습니다. 그러고는 아무 말도 하지 않았습니다."

황제는 그 말을 듣고 랍비의 뜻을 즉각 알아차렸다. 그것은 "우선 황제의 자리를 아들에게 물려준 후에, 아들이 관세를 자유화하도록 하면 된다."라는 뜻이었다.

이처럼 사람은 언어나 문장을 사용하지 않고도 충분히 자기 뜻을 전할 수 있다.

사랑의 힘

솔로몬 왕에게는 매우 아름답고 영리한 딸이 한 명 있었다. 어느 날 솔로몬 왕은 꿈을 꾸고는 딸에게 어울리지 않는 보잘것없는 사람이 사위가 될 것임을 예감했다. 그래서 그는 딸을 어느 외딴 섬의 성으로 보내, 나오지 못하도록 감시하게 했다.

그 무렵 왕이 꿈에서 본 사위가 될 남자는 어느 사막에서 홀로 방황하고 있었다. 밤이 되고 날이 몹시 추워지자 그는 사자 털로 만든 옷을 입고 잠을 청했다. 그런데 큰 새가 날아와 털옷을 낚아채 날아가 버렸다. 이때 그 남자도 함께 들려 올려졌다. 한참을 날아가던 새는 힘에 부쳤

는지 한 성 위에 그 남자를 떨어뜨렸다. 그런데 그 성은 마침 공주가 감금되어 있던 별궁이었다. 결국 남자는 공주를 만나 사랑에 빠지게 되었고 둘은 결혼하기에 이르렀다.

진실한 사랑은 아무도 막을 수 없다. 일어날 일은 언제고 반드시 일어나기 마련이다.

비유대인

 많은 양을 소유한 주인이 있었다. 그는 양치기에게 날마다 양을 살펴보도록 당부했다. 그러던 어느 날, 양과는 전혀 다르게 생긴 동물 한 마리가 양 떼 속에 끼어들었다. 양치기가 주인에게 물었다.

"이상한 동물 한 마리가 양 떼 속에 끼어들었는데 어떻게 할까요?"

"그 동물을 특히 더 잘 보살펴 주어라."

양치기가 의아한 표정을 짓자 주인은 다음과 같이 말했다.

"양들은 처음부터 내 양으로 길렀으니 걱정할 것이 없지만, 그 낯선 동물은 지금까지 전혀 다른 환경에서 자랐

을 텐데도 내 양들과 똑같이 행동하고
있으니, 얼마나 반가운 일이냐?"

유대인들은 유대인의 환경이 아닌 다른
문화에서 성장한 사람이 유대 문화를 이해할 때 무한한
존경을 표한다. 유대인들은 태어날 때부터 유대 전통 속
에서 자라 유대 문화를 사랑하고 아끼는 것이 당연하지
만, 비유대인들이 그런 마음을 갖는 것은 어려운 일이기
때문이다.

못난 어버이

한 남자가 다음과 같이 유서를 썼다.

"내 재산 전부를 아들에게 주겠다. 그러나 내 아들이 진짜 바보가 되기 전에는 재산을 물려줄 수 없다."

이 소식을 들은 랍비가 찾아와 그 남자에게 물었다.

"당신은 참으로 이상한 유서를 쓰셨습니다. 아들이 바보가 되어야만 재산을 물려주겠다니, 도대체 무슨 이유에서 그러신 겁니까?"

그 남자는 갈대 하나를 입에 물고 괴이한 울음소리를 내면서 마루 위를 엉금엉금 기어 다니기 시작했다. 그 행동은 자기 아들에게 아이가 생겨 그 자식을 귀여워하게 되면 자기 재산을 물려준다는 뜻이었다.

"아이가 태어나면 사람은 바보가 된다."라는 속담은 여기에서 비롯되었다. 유대인에게 아이란 매우 소중한 존재로, 부모는 자식을 위해서라면 모든 것을 희생한다.

감사하는 마음

최초의 사람 아담은 빵 하나를 만들어 먹기 위해 얼마나 많은 일을 해야 했던가? 밭을 갈고 씨앗을 뿌리고 잡초를 뽑고 곡식을 거둬들이고, 곡식을 빻아 가루로 만들고 반죽하고 굽고 등등의 과정을 거쳐야 했다.

그런데 지금은 돈만 있으면 빵집에 가서 만들어진 빵을 얼마든지 살 수 있다. 옛날에는 한 사람이 해야 했던 여러 단계의 일을 많은 사람이 나눠서 하고 있기에 그렇다. 빵을 먹을 때도 많은 사람에게 감사하는 마음을 가져야 할 이유이다.

병문안

환자가 문안을 받으면, 환자의 병은 60분의 1은 낫는다. 그렇다고 60명이 한꺼번에 병문안한다고 해서 환자의 병이 완쾌되는 것은 아니다.

무덤 속의 사람을 찾아가는 것은 가장 고상한 행위이다. 병문안한 경우 환자가 나으면 그에게서 감사의 인사를 받을 수 있지만, 죽은 사람은 아무 인사도 하지 않기 때문이다. 상대방의 감사를 바라지 않고 베푸는 행위야말로 가장 아름다운 행위이다.

약자와 강자

아무리 강자라도 두려워하는 것이 있다. 심지어 그것은 아주 미천한 것일 때가 많다. 사자는 모기를 두려워하고, 코끼리는 거머리를 무서워하고, 전갈은 파리를 무서워하고, 매는 거미를 무서워한다. 제아무리 크고 힘센 자라도 약자에게 반드시 두려운 존재인 것은 아니다. 아무리 약한 자라도 조건만 성립되면 강자를 굴복시킬 수 있다.

7가지 계율

 유대인에게는 613가지 계율이 있지만, 유대교인들은 애써 비유대인들을 유대교로 개종시키려 하지 않았다. 유대인들은 비유대인들과 함께 일하기도 하고 생활 속에서 어울리기도 했으나 그들에게 선교사를 파송하는 일은 하지 않았다. 다만, 상호 간의 평화적인 유대 관계를 지속하기 위해 비유대인들에게 반드시 지켜야 할 다음 7가지 계율을 제시했다.

① 동물을 죽여 그 날고기를 먹지 말라.
② 남에게 욕하지 말라.

③ 도둑질하지 말라.

④ 법을 지켜라.

⑤ 살인하지 말라.

⑥ 근친상간하지 말라.

⑦ 불륜 관계를 맺지 말라.

하느님

한 로마인이 랍비를 찾아와 다음과 같이 말했다.

"당신들은 하느님 이야기만 하고 있는데 도대체 그 하느님이 어디에 있나요? 하느님이 어디에 있는지 가르쳐 주면 나도 그 하느님을 믿겠소."

랍비는 그를 밖으로 데리고 나갔다.

"보시오. 태양을 쳐다보시오."

로마인은 태양을 한번 쳐다보고 쏘아붙였다.

"억지소리 마시오. 누가 저 태양을 똑바로 바라볼 수 있겠소?"

랍비는 다음과 같이 말했다.

"당신은 하느님께서 창조하신 많은 것 중 하나인 태양조차 볼 수 없으면서 어떻게 위대하신 하느님을 눈으로 보겠다는 것이오?"

여섯 번째 날

성서에 의하면 세상은 여섯 번째 날에 온 전한 모습을 갖추게 되었다. 그런데 사람은 첫 번째 날이 아닌 마지막 날에 만들어졌다. 미 물인 파리도 사람보다 먼저 만들어졌음을 떠올리 면 사람은 오만해질 수가 없을 것이다. 사람을 맨 마지 막 날에 완성한 것은 사람에게 자연에 대한 겸손함을 가 르쳐 주기 위한 것이었다.

작별인사

긴 여행에 지친 사나이가 있었다. 피로가 겹쳐 몸을 가누기도 힘들고 배고 픔에 정신을 잃을 지경이었다. 사막을 헤매던 그는 간신히 나무가 있는 곳에 이르렀다.

그는 나무 그늘에서 쉬면서 시원한 물로 목을 축이고 과일로 굶주린 배를 채운 뒤 비로소 안도의 한숨을 내쉬 었다. 그는 다시 여행길을 떠날 준비를 하며 나무에게 감 사의 말을 했다.

"나무야, 정말 고맙다. 그런데 이 고마움을 어떻게 표현 해야 할지 잘 모르겠다. 널 위한 기도를 하려 했는데, 도대 체 무슨 기도를 해야 할지 난감하구나. 넌 이미 맛있는 열

매가 있고, 시원한 나무 그늘도 있고, 충분만 물도 가지고 있다. 그러니 나는 다만 네가 더욱 풍성하게 열매를 맺고 그 열매가 많은 나무가 되어, 너와 똑같이 아름답고 훌륭한 나무로 자라기를 빌어 줄 수밖에 없구나."

만약 당신이 누군가와 작별할 때 그를 위해 무언가를 빌어 주고 싶은데 그 사람은 이미 모든 것을 충분히 갖춘 사람이라면 당신은 어떻게 하겠는가?

이럴 때는 "당신의 아이들도 부디 당신과 같이 훌륭한 사람이 되기를 빕니다."라고 하는 것이 가장 좋은 작별인 사다.

향료

 어느 안식일 오후에, 로마의 황제가 한 랍비의
집을 방문했다. 아무런 예고도 없이 찾아갔지
만 황제는 랍비의 집에서 아주 즐거운 시간을
보냈다. 음식은 더없이 맛있었고, 모두들 기쁜 마
음으로 웃고 떠들었다.

황제는 매우 기뻐하며, 다음 수요일에 다시 오겠노라
고 말했다. 그리고 수요일이 되어 황제가 랍비의 집을 방
문했다. 안식일에는 황제가 예고도 없이 방문했기 때문에
만반의 준비를 하지 못했지만 그날은 음식이며 그릇 등
모든 것을 완벽하게 갖추고는 황제를 대접했다.

황제가 물었다.

"요리는 지난 토요일 것이 맛있었는데, 지난 토요일에 먹은 요리에는 무슨 향료를 넣었는가?"

랍비가 대답했다.

"아무리 황제 폐하라고 해도 그 향료를 구하시지는 못할 것입니다."

"천만에! 나는 어떤 향료라도 구할 수가 있다."

황제가 으스대며 말했다.

"폐하! 폐하께서는 어떤 노력으로도 그 향료를 구하시지 못합니다. 왜냐하면 그것은 바로 유대인의 안식일이라는 향료이니까요."

함정

한 장사꾼이 도시로 물건을 사러 갔다. 그런데 며칠 뒤에 할인판매를 한다는 소리를 듣고 상인은 그때까지 기다리기로 했다. 수중에 많은 돈을 지니고 다니기에는 너무 위험했기에 그는 아무도 없는 곳으로 가서 땅속에 돈을 묻어 두었다.

며칠 후 돈을 묻어 둔 곳에 가 보니 돈이 사라지고 없었다. 아무리 생각해도 알 수 없는 노릇이었다. 돈을 땅에 묻을 당시 주변에 아무도 없었기에 누가 가져갔는지 짐작조차 되지 않았다. 주변을 샅샅이 살펴보던 그는 그제야 이유를 알았다.

거기서 가까운 곳에 집이 한 채 있었는데 그 집의 벽에

구멍이 뚫려 있는 것을 발견했다. 그는 틀림없이 그 집에 사는 사람이 자기 돈을 묻는 것을 그 구멍으로 내다보고는 가져간 것으로 생각했다. 그는 집주인을 찾아가 말했다.

"노인께서는 도시에 살고 계시니 아주 현명하시겠지요. 제게 지혜를 좀 빌려주십시오. 사실은 제가 물건을 사려고 지갑 두 개를 들고 이 도시에 왔습니다. 하나에는 은화 5백 개가 들어 있고, 다른 하나에는 은화 8백 개가 들어 있습니다. 저는 그중 작은 지갑을 어딘가 묻어 두었는데요. 나머지 지갑도 땅속에 함께 묻어 두는 것이 좋을까요? 아니면 믿을 만한 사람에게 맡겨 두는 것이 좋을까요?"

상인의 말에 노인이 대답했다.

"만일 내가 당신이라면, 다른 사람은 아무도 믿지 않겠소. 작은 지갑을 묻어 둔 곳에 큰 지갑도 함께 묻어 두는 것이 안전하지 않겠소?"

노인은 상인이 돌아가자 자신이 꺼낸 지갑을 그곳에 도로 가져가 묻어 두었다. 그리고 그것을 모두 지켜본 상인은 자신의 지갑을 무사히 되찾았다.

솔로몬의 재판

 어느 안식일에 세 명의 유대인이 예루
살렘으로 갔다. 당시는 은행이 없었으므
로 세 사람은 가지고 있던 돈을 모두 땅에 묻어
두었다. 그런데 그중 한 사람이 몰래 그곳에 가서 그 돈을
모두 훔쳐 갔다.

다음 날 그들은 솔로몬 왕에게 가서 세 사람 중 누가 그
돈을 훔쳤는지를 판결해 달라고 요청했다. 그러자 솔로몬
왕이 말했다.

"당신들 세 사람은 매우 현명하니, 내가 당면한 어려운
문제부터 먼저 해결해 주게. 그럼 내가 자네들의 문제를
해결해 주겠네."

솔로몬 왕은 다음과 같은 이야기를 들려주었다.

한 젊은 여자가 한 청년과 결혼을 약속했는데, 얼마 후 그 여자는 다른 남자와 사랑에 빠졌다. 그녀는 약혼자를 찾아가 헤어지자고 제안하며 위자료를 내겠다고 말했다. 그러나 청년은 위자료 같은 것은 필요 없다며 그냥 약혼을 취소해 주었다.

그 여자는 돌아가던 중 한 노인에게 납치되고 말았다. 그녀는 당황하지 않고 침착하게 말했다.

"나는 약혼했던 남자에게 파혼해 달라고 했는데 그는 위자료도 받지 않고서 나를 놓아주었소. 그러니 당신도 내게 똑같은 일을 해 주어야 합니다."

그러자 노인은 순순히 여자를 놓아주었다.

솔로몬 왕은 이야기를 마친 후 물었다.

"그들 중에서 가장 칭찬받을 행위를 한 사람은 누구겠는가?"

첫 번째 유대인이 말했다.

"파혼을 승낙해 주고 위자료는 받지 않은 청년이 칭찬받아야 합니다. 왜냐하면 그는 여자의 의사를 존중해 주었고, 위자료를 받지 않았기 때문입니다."

두 번째 유대인이 말했다.

"그렇지 않습니다. 여자야말로 칭찬받아 마땅합니다. 그 여자는 용기를 내어 처음의 약혼자에게 파혼을 요청했고, 진정으로 사랑하는 남자와 결혼하기로 결심했습니다. 그거야말로 칭찬받아 마땅한 일입니다."

마지막 세 번째 유대인이 말했다.

"저는 너무 복잡해서 도무지 갈피를 잡을 수가 없습니다. 우선, 그녀를 납치한 노인만 해도 그렇습니다. 노인은 돈 때문에 여자를 납치했는데 돈도 받지 않고서 풀어 주다니 앞뒤가 맞지 않는 이야기입니다."

솔로몬 왕은 세 번째 남자에게 호통을 쳤다.

"이놈! 네가 돈을 훔친 도둑이다. 앞의 두 사람은 내 이야기를 듣고는 사랑과 인간관계에 관심을 두었지만 너는 돈에만 정신이 팔렸구나. 네놈이 틀림없는 범인이다."

《탈무드》

나치 수용소에서 유대인 6백만 명이 학살당한 뒤 나머지 사람들이 구출되었다. 살아남은 유대인들은 미국의 해리 S. 트루먼 대통령에게 사례의 뜻으로 《탈무드》를 기증했다. 그《탈무드》는 제2차 세계대전 이후 독일에서 인쇄된 판본이었다. 그렇게 악랄하게 유대인을 멸종시키려고 혈안이 되었던 독일에서조차 《탈무드》를 인쇄해 발행했다는 사실은 《탈무드》의 위대함을 말해 주는 좋은 증거이다.

땅

한 랍비가 땅을 사려고 땅 주인과 흥정했다. 마침내 적당한 값으로 흥정을 마치고는 며칠 후 돈을 지불하기로 약속했다. 그런데 다른 랍비 한 명이 나타나 먼저 그 값을 지불하고 땅을 사 버렸다.

첫 번째 랍비가 두 번째 랍비에게 가서 물었다.

"어떤 사람이 과자를 사려고 제과점에 갔소. 그는 자신이 원하는 과자를 발견하고 그것을 사려고 이리저리 살피고 있었소. 그런데 뒤에 온 사람이 먼저 계산대에서 값을 지불하고는 그 과자를 가져가 버렸소. 만일 당신이 먼저 와서 과자를 살피던 사람이라면 어떻게 하겠소?"

두 번째 랍비가 대답했다.

"그건 안 될 일이오. 그 사람은 틀림없이 나쁜 사람입니다."

이에 첫 번째 랍비가 말했다.

"당신이 이번에 구입한 땅은 내가 먼저 값을 정해 놓은 땅이오. 내가 사려고 했던 것인데 당신이 가로채서 산 것이오. 당신은 그것이 정당하다고 생각하오?"

헛바닥을 사용하지 않는 뱀

세상의 모든 동물이 한자리에 모여 뱀에게 물었다.

"사자건 호랑이건 대부분의 동물들은 사냥감을 잡아 한 입씩 뜯어 먹는다. 그런데 너는 사냥감을 통째로 꿀꺽 삼키니 어찌 된 일이냐?"

뱀이 대답했다.

"그래도 나는 남을 헐뜯는 인간보다는 내가 낫다고 생각한다. 적어도 헛바닥을 이용해 남에게 상처 주는 일은 하지 않으니 말이다."

제2부
인생의 해답을 주는 《탈무드》의 가르침

장미꽃은 가시 사이에서 자란다.

탈무드

평등

한 군대의 부대장이 손님과 함께 식사를 하게 되었다. 한참 식사를 하는데 병사 한 명이 맥주를 가지고 들어왔다. 그러자 부대장이 물었다.

"병사들도 지금 맥주를 마시고 있는가?"

병사는 맥주의 재고 수량이 적어서 그날은 맥주가 지급되지 않았노라고 대답했다. 그러자 부대장은 대뜸 이렇게 말하면서 맥주를 도로 내보냈다.

"병사들이 맥주를 마시지 못하고 있는데 내가 마실 수 있겠는가? 어서 가지고 나가게."

축복해야 할 때

　항구에 배 두 척이 떠 있다. 한 척은 지금 막 출항하는 배이고, 다른 한 척은 지금 막 입항하는 배이다. 그런데 사람들은 출항하는 배에만 관심을 둘 뿐 입항하는 배에는 관심이 없다. 이는 잘못된 일이다.

　출항하는 배의 미래는 예측하기가 어렵다. 항해 중에 풍랑을 만나 침몰할지도 모른다. 따라서 오랜 항해 끝에 무사히 임무를 마치고 입항하는 배야말로 성대한 환영을 받아 마땅하다.

'죄'에 관한 개념

 사람은 누구든 죄를 짓기 마련이다. 유대인들은 죄에 관해 다소 너그러운 편이다. 그들은 활을 쏘아 과녁을 명중시킬 수 있는 사람이 때로는 그렇지 못하는 것처럼 죄란 누구에게나 일어날 수 있는 일 정도로 생각한다.

유대인은 자신이 지은 죄에 대해 용서를 빌 경우, '나'라는 말은 사용하지 않으며 반드시 '우리'라는 말을 사용한다. 비록 개인이 단독으로 저지른 죄라 할지라도 여럿이 함께 저지른 것처럼 생각하는 것이다. "유대인 모두는 하나의 커다란 가족에 속한다."라는 개념이 알게 모르게 그들의 의식을 지배하고 있어서 그렇다.

아버지와 교사

유대인은 예로부터 가정에서 아버지로
부터 《탈무드》에 대해 배운다. 히브리
어의 '아버지'라는 단어에는 '교사'라
는 뜻이 내포되어 있다. 천주교에서
신부를 뜻하는 단어가 영어로는 '파더(father)'인 것도 사
실은 여기서 비롯된 것이다.

유대인들은 자기 아버지와 교사를 비교할 경우, 아버지
보다 교사를 더 소중하게 생각한다. 만일 자기 아버지와
교사가 함께 감옥에 갇혔는데 오직 한 명만 구출할 수 있
다고 하면, 그들은 망설임 없이 교사를 구출한다.

이것은 유대 사회에서 교육이 얼마만큼 높이 평가되고

있는가를 말해주는 극단적인 예가 될 것이다.

증오

오른손이 무엇을 하다가 실수로 왼손을 다치게 하는 일이 있을지라도 왼손이 오른손에 그 앙갚음을 해서는 안 된다.

담보를 잡고 돈을 꾸어 주었는데, 돈을 꾼 사람에게 그 담보물이 단 하나밖에 없는 물건이라면 돈을 꾸어 준 사람은 그 물건을 자기 것으로 만들어서는 안 된다. 다만, 하나뿐인 물건이라 할지라도 사치성 물품에 한해서는 예외가 된다.

태어날 때와 죽을 때

사람은 태어날 때 주먹을 꽉 움켜쥐고 엄마 배 속에서 나온다. 그러나 마지막 눈을 감을 때는 주먹을 펴고 죽는다. 그 까닭은 무엇일까?

태어날 때는 세상의 온갖 것들을 움켜쥐려 하기 때문이요, 죽을 때는 세상의 온갖 것들을 놓고 가야 하기 때문일 것이다.

신성한 사람

랍비가 학생들에게 물었다.

"신성한 사람이 되는 지름길은 무엇이냐?"

많은 학생이 "하느님을 위해 목숨을 바쳐야 한다."라고 답했고, 몇몇 학생들은 "항상 하느님께 기도드려야 한다."라고 답했다.

랍비는 학생들의 대답을 들은 뒤 말했다.

"정답은 집에서 '무엇을 먹는가?'와 '성생활을 어떻게 하는가?'이다. 누구든 남들이 보는 자리에서는 바른 생활을 하기 마련이다. 그러나 남들이 보지 않는 집에서는 그 사람이 어떻게 생활하는지 알 수가 없다. 누구의 눈치도 보지 않는 자기 집에서 음식을 먹을 때와 성생활을 할 때

는 오로지 그 사람의 자율에 맡겨진 상태가 된다. 그런 상황에서도 품위를 잃지 않고 약속을 지키는 사람이야말로 누구보다 신성한 사람이다."

결혼

아내가 없는 유대인에게는 기쁨도 없고, 하느님의 축복도 없고, 선행도 없다. 사람이란 결혼을 하고 자연스럽게 사는 것이 가장 좋은 것이다.

학자

모든 재산을 처분해서라도 딸을 학자에게 시집보내는 것은 현명한 일이다. 학자의 딸을 며느리로 맞이하기 위해 모든 재산을 처분하는 것도 현명한 일이다.

먹지 않는 음식

 유대인들은 고기를 먹을 때, 죽은 동물의 피를 완전히 제거한 다음에 먹는다. 그래서 그들이 먹는 고기는 건조된 상태의 것이 많다.

이처럼 유대인들이 육류의 피를 제거해서 먹는 이유는 피를 더러운 것으로 생각해서가 아니다. 피는 곧 생명이라고 생각해서다.

닭이나 소 따위의 가축을 도살하는 사람들은 뛰어난 전문가로, 랍비와 마찬가지로 특별한 훈련을 받은 해부학의 권위자들이며, 신앙심도 깊고 다른 사람들로부터 존경을 받는다.

유대인들은 새우를 먹지 않는다. 네 발 달린 동물 가운

데 위가 하나이거나 발굽이 둘로 갈라진 것도 먹지 않는
다. 예를 들어, 소고기는 먹지만 말고기는 먹지 않는다. 그
들은 또 물고기 중 지느러미와 비늘이 없는 것은 먹지 않
으며, 독수리나 매처럼 날고기를 사냥해 먹는 짐승도 먹
지 않는다.

착한 사람

    세상에는 그 무엇으로도 대체할 수 없는 것이 있다. 다른 무엇들은 제삼의 것으로 대체할 수 있지만, 유일하게 이것 하나만은 대체가 불가능하다. 그것은 바로 '착한 사람'이다. 착한 사람은 커다란 야자수처럼 무성하고, 레바논 삼나무처럼 늠름하게 솟아올라 존경을 한 몸에 받는다.

자선을 베푸는 마음

금요일 저녁은 안식일 전날로 유대인의 가정에서는 어머니가 양초에 불을 붙이고, 아버지가 아이의 머리 위에 손을 얹어 축복의 기도를 드린다. 유대인의 가정에는 '민족 기금'이라고 적힌 상자가 마련되어 있어서 어머니가 양초에 불을 붙일 때면 아이는 미리 받아 둔 동전을 기쁜 마음으로 그 상자에 넣는다. 이는 자선을 베풀기 위한 행위로, 유대인은 그런 식으로 어려서부터 자선을 베푸는 마음을 배운다.

금요일 밤이면 가난한 유대인은 자선을 구하기 위해 부유한 집들을 순회하는데, 그때마다 부모들은 아이가 직접

자선을 행하도록 한다. 그런 까닭에 유대인은 성장해서도
남에게 많은 것을 베풀고 산다.

두 개의 머리

만일 두 개의 머리를 가진 아기가 태어났다면 이를 한 사람으로 보아야 할까, 두 사람으로 보아야 할까?

한쪽 머리에 뜨거운 물을 부었을 때 다른 쪽 머리도 함께 비명을 지른다면 한 사람인 것이요, 만일 다른 쪽 머리가 아무렇지도 않은 듯 태연한 얼굴을 하고 있다면 두 사람이다.

공정한 재판

유대 사회에서는 사형인 경우, 재판관 전원이 동의하면 무효로 간주한다. 이는 재판이란 언제나 두 가지 이상의 견해가 있어야만 공정성을 유지할 수 있다는 생각에서 비롯된 것이다.

물레방아

A가 B에게 물레방아를 빌려주었다. B는 A의 물레방아를 빌리는 사용료로 A의 곡식을 모두 찧어 주기로 했다.

세월이 흘러 A는 부자가 되었고 물레방아를 몇 개 더 소유하게 되었다. A는 더는 곡식을 찧는 일을 B에게 맡길 필요가 없어서 B에게 물레방아 사용료를 돈으로 지불하라고 했다. 그러나 B는 계속 곡식 찧는 일로 사용료를 대신하고 싶었다.

이에 두 사람은 재판관을 찾아갔다. 재판관은 "만일 B의 처지가 A의 곡식을 찧지 않으면 돈을 지불할 능력이 없는 상태라면, 애초의 계약대로 A의 곡식을 찧어 주어야 하오.

그러나 B가 A의 곡식이 아니더라도 다른 사람의 곡식을 찢어서 돈을 지불할 능력이 있는 상태라면 돈으로 지불하시오."라고 판결했다.

자백은 무효

유대인의 율법에 의하면, 죄인이 어쩔 수 없이 자신에게 불리한 자백을 한 뒤에 나중에 그것이 거짓이었다고 말하면 처음 자백은 무효한 것으로 간주된다. 왜냐하면 사람은 육체적 고문을 당하면 죄가 없는데도 거짓 자백을 하게 되는 경우가 얼마든지 있을 수 있기 때문이다.

벌금의 규칙

어떤 사람이 1백만 원을 훔쳐 재판에 회부
돼 벌금형을 받았다고 하자. 이런 경우 유대
인 사회에서는 벌금을 다 갚은 후에는 그
사람을 전과가 전혀 없는 결백한 사람으로
대한다. 만약 그 사람에게 "저 사람은 돈을 훔
쳤던 도둑놈이다."라는 말을 한다면, 욕한 쪽이 나쁜 사람
이 된다.

보증인

고용주와 종업원이 있었다. 종업원은 일주일에 한 번씩 급여를 받기로 했다. 그런데 주급을 현금으로 받기로 한 것이 아니라, 특정한 상점에서 필요한 물건을 사 가면 고용주가 그 값을 지불해 주기로 했다.

일주일이 지났다. 종업원은 매우 불만스러운 표정으로 고용주에게 이렇게 말했다.

"상점에서 물건을 주지 않습니다. 현금을 가져오라는 거예요. 임금을 현금으로 지불해 주셔야겠습니다."

얼마 후 상점 주인이 그 고용주에게 찾아와 쪽지를 내밀었다.

"댁의 종업원이 지난 일주일 동안 이만큼의 물건을 가져갔습니다. 약속대로 대금을 지불해 주십시오."

고용주는 난감했다. 누구의 말을 믿어야 할지 알 수 없었기 때문이었다. 결국 그는 현명한 랍비를 찾아가 해결책을 물었다. 랍비는 이렇게 말했다.

"종업원과 상점 주인이 끝까지 자신들의 주장을 굽히지 않는다면, 당신은 두 사람 모두에게 돈을 지불해야 합니다. 왜냐하면 종업원은 상점 주인의 대금 청구와 직접적인 관계에 있지 않고, 상점 주인도 종업원과 직접적인 관계에 있지 않기 때문입니다. 그러나 당신은 양쪽 모두와 직접적인 관계를 맺고 있습니다. 말하자면 당신은 양쪽 모두에게 보증인인 것이지요."

형제애

부지런한 농부 형제가 살고 있었다. 형은 결혼해 아이까지 낳았으나 동생은 아직 미혼이었다.

아버지가 돌아가신 후 그들은 재산을 공평하게 두 몫으로 나누었다. 그리고 그들은 사과와 옥수수를 수확한 뒤 그것도 공평하게 나누어 자신들의 창고에 넣어 두었다.

동생은 이렇게 생각했다. "형은 형수와 조카가 있어서 생활이 어려울 거야. 내 몫을 갖다 드려야지." 그리고는 밤에 몰래 형의 창고에 상당한 양의 곡물을 가져다 놓았다. 형은 형대로, "나는 아내와 아이가 있으니 걱정이 없지만, 동생은 미혼이니까 열심히 모아야 결혼할 수 있을 거야."라고 생각하고 사과와 옥수수를 동생의 창고에 옮

겨다 놓았다.

아침이 되어 창고에 간 형제는 수확물이 조금도 줄어들지 않고 그대로 있자, 이상하게 생각했다. 그다음 날에도 형과 동생은 상대방의 창고에 사과와 옥수수를 나르기 시작했다. 그러다가 둘은 서로 딱 마주쳤다. 형제는 서로를 얼마나 깊이 생각하고 있는지 말하지 않아도 충분히 알 수 있었다. 두 형제는 농작물을 내려놓고, 서로 부둥켜안고 감격의 눈물을 흘렸다.

개와 독이 든 우유

어느 집 부엌에 우유가 한가득 담긴 큰 통이 놓여 있었다. 그런데 뱀 한 마리가 우유가 담긴 그 통 속으로 들어갔다. 그 뱀은 독사였기 때문에 뱀의 독이 우유에 퍼지게 되었다. 마침 주변에는 아무도 없었고, 그 집 개만 그 광경을 목격했다.

얼마 후 가족 한 명이 우유를 따라 마시려고 하자 개가 무섭게 짖어댔다. 가족들은 개가 왜 그리 심하게 짖어대는지를 몰랐다. 마침내 그가 우유를 컵에 따라 입에 가져가려는 순간, 개는 덤벼들어 우유를 쏟은 뒤 그것을 핥아먹고는 그 자리에서 죽었다. 그제야 가족들은 우유 속에 독이 들어 있었음을 알게 되었다.

당나귀와 다이아몬드

한 랍비가 나무를 하며 생계를 이어가고 있었다. 그는 산에서 나무를 해서 먼 장터에 나가 팔았다. 그는 장터까지 가는 시간을 단축해 《탈무드》를 공부할 생각으로 당나귀를 한 마리 사기로 했다.

랍비는 장터에 사는 아랍인에게서 당나귀를 샀다. 그의 제자들은 당나귀를 샀기 때문에 빨리 다닐 수 있다고 기뻐하면서 당나귀를 냇가로 끌고 가서 씻겨 주었다. 그런데 이때 당나귀의 귀에서 큰 다이아몬드 한 개가 떨어졌다.

제자들은 스승 랍비가 이제 가난한 나무꾼 생활을 하지 않아도 되고 《탈무드》 공부는 물론, 자기들을 가르칠 시간이 많아질 것을 기뻐했다. 그런데 랍비는 제자들에게

당장 장터로 가서 상인을 찾아 다이아몬드를 돌려주라고 명령했다. 제자들이 말했다.

"스승님, 이것은 스승님이 사신 당나귀가 아닙니까?"

"나는 당나귀를 산 기억은 있지만 다이아몬드를 산 기억은 없다. 내가 산 물건만 가지는 것이 정당한 일이다."

결국 랍비는 상인을 찾아가 다이아몬드를 돌려주었다. 그러자 상인이 말했다.

"당신이 당나귀를 샀고, 다이아몬드는 그 당나귀 귀에 붙어 있었소. 굳이 나한테 돌려줄 필요가 없지 않습니까?"

그러자 랍비가 대답했다.

"우리의 신은 내가 구입한 물건만 가지라고 하셨소. 우리는 정당한 값을 지불하고 산 물건만 가져야 합니다. 그래서 이것을 당신에게 가져온 것이오."

개와 이리

갈대 하나는 누구나 쉽게 부러뜨릴 수 있다. 어린아이도 부러뜨릴 수 있을 정도로 미약하다. 하지만 갈대 1백 개를 다발로 묶어 놓으면 아주 강해진다. 누구도 쉽게 갈대 다발을 부러뜨릴 수 없게 된다.

이와 마찬가지로, 개들은 풀어 놓으면 서로 으르렁대며 싸우지만, 이들 사이에 이리를 풀어 놓으면 싸움을 그치고 단결해 이리에게 대항한다.

자식과 어머니

어느 유대인 산모가 난산으로 생명이 위독한 상태에 놓였다. 산모는 심한 출혈을 일으키며 통증으로 괴로워하고 있었다. 의사는 산모의 생명을 구해 내기가 어렵다며, 만약을 위해 아기의 생명을 구할 것인지, 산모의 생명을 구할 것인지를 결정해야 한다고 말했다.

이럴 경우, 유대 민족은 아이를 포기하고 산모를 구한다. 유대인은 전통적으로 아기는 태어나기 전까지는 생명이 없다고 생각하기 때문이다. 태아는 산모의 한 부분에 지나지 않는다고 생각하는 것이다.

자리의 주인

많은 사람들이 배를 타고 항해하고 있었다. 항해 중인 한 남자가 자신이 앉은 자리에 구멍을 뚫기 시작했다. 사람들이 놀라서 그 남자에게 이유를 묻자 그는, "여기는 내 자리이니 내 마음대로 무슨 짓을 해도 그만이요."라고 태연하게 말했다. 사람들이 만류해도 그는 막무가내였다. 그리고 얼마 후, 그 구멍으로 차츰 물이 스며들기 시작하더니 배는 바닷속으로 가라앉고 말았다.

부부싸움

한 부부가 크게 다툰 뒤 심리 전문가를 찾았다. 전문가는 부부를 한 명씩 따로 만나 그들의 말을 들었다. 남편과 아내를 동석시키면 오히려 싸움이 더 커질 수 있었기 때문이었다.

전문가는 먼저 남편의 이야기를 듣고 그가 말하는 것에 동의하며 그의 주장을 모두 인정했다. 그리고 아내를 만났는데 전문가는 그녀의 말을 듣고서도 모두 수긍하며 고개를 끄덕였다.

이 모든 것을 지켜보던 제자는 부부가 돌아간 뒤에 전문가에게 물었다.

"저는 이해가 가지 않습니다. 선생님은 남편의 말을 듣

고서는 그의 말이 전부 옳다고 인정하시더니, 아내의 말을 듣고서도 그녀의 말이 전부 옳다고 인정하셨습니다. 두 사람이 전혀 상반되는 말을 했는데, 어째서 두 사람의 주장이 다 옳다고 할 수 있습니까?"

그러자 전문가는 젊은이의 말도 옳다고 하고서는 다음과 같이 말했다.

"나는 이렇게 생각하네. 여러 사람이 같은 문제를 가지고 찾아왔을 때, 누구는 옳고 누구는 그르다는 식으로 판결해서는 안 된다네. 그것은 오히려 그들의 마찰을 크게 만드는 일이지. 양쪽 주장을 모두 인정해 주면 그들은 서로 냉정을 되찾고 서서히 화해하게 되지. 그래서 그런 종류의 충돌에는 어떤 내용이라도 일단 상대방의 주장을 인정해 줄 필요가 있는 거라네."

솔로몬의 지혜

 솔로몬 왕은 지혜가 뛰어나고 총명한 현
인으로 알려져 있었다. 어느 날 두 여자
가 솔로몬 왕을 찾아왔다. 그들은 한 어
린아이를 데리고 와서는 서로 자기 아들
이라고 싸우면서 왕에게 현명한 판결을 내려 줄 것을 요
청했다.

솔로몬 왕은 고심하며 여러 가지를 살펴보았으나 도대
체 그 아이가 어느 여인의 아들인지 알 수 없었다. 그래서
그는 유대 정신에 입각해 판결을 내리기로 했다. 유대인
의 경우 소유물이 어느 쪽에 속하는지 알 수 없을 때는 공
평하게 둘로 나누는 것이 일반적인 관례였다. 그래서 솔

로몬 왕은 그 어린아이를 반으로 나누라고 명령했다.

그러자 한 여인이 갑자기 미친 사람처럼 소리를 지르며 만류했다.

"말도 안 됩니다. 그런 판결을 내리실 거라면 차라리 저 여인에게 아이를 주십시오. 저 여인이 아이의 진짜 엄마입니다."

그러자 솔로몬 왕은 다음과 같이 말했다.

"당신이 바로 이 아이의 진짜 어머니이군. 아이를 어서 이 여인에게 안겨 주도록 해라."

친아들과 무덤

어떤 부부에게 아들이 둘 있었다. 그런데 둘 중 한 아이는 아내가 다른 남자와 불륜 관계로 낳은 아들이었다. 어느 날 아내가 다른 사람에게 두 아들 중 한 아이가 다른 남자의 아들이라고 말하는 것을 남편이 엿들은 것이었다. 그러나 어느 쪽이 자기 친아들인지는 알지 못했다.

남편은 아이들을 이리저리 관찰해 보았지만, 누가 자기 친아들인지 알지 못한 채 죽음을 맞이하게 되었다. 자신의 죽음을 예견한 그는 친아들에게 전 재산을 물려준다는 유서를 남겼다.

남자가 죽은 뒤 그 유서는 랍비의 손에 넘어갔다. 랍비

는 그의 핏줄을 지닌 아들을 가려내야 했다. 그
래서 랍비는 두 아들을 아버지의 무덤으로 데리
고 갔다.

"내가 네 아비의 얼굴을 알지 못하니 누가
친아들인지 가릴 수가 없구나. 어서 무덤을 파
헤쳐 네 아비의 얼굴을 보도록 하자."

그러자 한 아들이 울면서 말했다.

"저는 아버지의 무덤을 훼손할 수 없습니다. 고인에 대
한 예의가 아닙니다. 절대로 무덤을 파헤칠 수 없습니다."

그리하여 랍비는 남자의 친아들을 쉽게 가려낼 수 있었다.

새 경영자

동업자 두 사람이 있었다. 그들은 밑천을 들이지 않고 사업을 시작해 작은 임대 빌딩을 사들였고, 마침내는 모두가 부러워하는 성공한 사업가가 되었다. 두 사람 모두 사업 경험은 없었지만, 근면하고 성실한 덕에 사업이 계속 번창해 큰돈을 벌었다.

사업이 대규모로 확장되자 두 사람은 상호 간에 동업 계약서를 작성할 필요성을 느꼈다. 처음에는 계약서가 필요 없었지만, 사업이 커지면서 계약서가 필요할 것 같았다. 그래서 그들은 동업 계약서를 작성하게 되었다.

계약서에 서명을 마치고부터 두 사람은 사사건건 대립

했다. "너는 공장 책임자이고 나는 본사 책임
자야."라고 말하며 서로에게 책임을 떠넘
겼다. "내가 상품을 잘 만들어 냈기 때문
에 회사가 발전한 거야." "내가 상품을 잘
팔아서 성공한 거야."라며 둘 다 자신의 공이 더 크다고
주장했다.

그들은 현명한 랍비를 찾아가 좋은 해결책이 없겠느냐
고 물었다. 그러자 랍비는 다음과 같이 말했다.

"당신들이 싸움을 시작하기 전까지 사업은 아주 잘 되
었소. 두 사람의 의견 충돌로 회사를 망하게 하는 것은 정
말 어리석은 짓이오. 그 상태로는 아무래도 사업이 원만
하게 운영되지 못할 것 같소. 그러니 해결책을 강구해야
할 것이오. 우선 한 가지 묻겠소. 당신네 회사의 경영자는
누구요?"

그들은 서로 자기라고 주장했다. 그러자 랍비는 다음과
같이 말했다.

"그렇다면 하느님을 당신들 회사의 경영진에 참가시키
면 어떻겠소? 우주의 모든 일을 맡고 계신 하느님을 당신
들의 최고 경영자로 모시라는 말씀이오. 서로 사장 자리
에 앉아 모든 것을 지휘하려고 하지 말고 하느님을 사장
님이라 생각하고 당신들은 각자 맡은 바 임무만 열심히

하면 될 것이오. 생산을 담당한 사람은 열심히 공장을 운영하고, 영업을 담당한 사람은 상품을 파는 데 열중하라는 말씀이오."

랍비의 이야기에 그들은 고개를 끄덕였다. 그 뒤 두 사람의 관계는 물론이고, 회사도 아주 원만하게 돌아갔다. 이익금의 얼마를 자선금으로 내놓기로 하고 이를 회사의 목표로 삼았다. 그러자 사장을 따로 정하지 않고서도 그 회사는 점점 발전해 갔다.

보트의 구멍

한 남자가 작은 보트를 가지고 있었다. 해마다 여름이면 그는 보트에 가족들을 태우고 호수에 나가 낚시질을 하며 휴가를 보냈다. 그해도 여름 내내 보트를 이용해 낚시를 즐긴 그는 가을이 되자 보트를 보관해 두려고 끌어서 뭍으로 가져왔다. 그때 그는 배 밑에 작은 구멍이 뚫려 있는 것을 발견했다. 하지만 그는 즉시 수리하지 않고 배를 그냥 창고에 보관했다. 다만 페인트공을 불러 배에 새로 칠을 했을 뿐이었다.

이듬해 여름은 유난히 일찍 찾아왔다. 그의 두 아들은 어서 보트를 타고 호수에 나가고 싶어 했다. 그래서 그는

보트를 꺼내 호수 위에 띄워 주었다. 밑바닥에 작은 구멍이 있었다는 사실은 까맣게 잊고 있었다.

그로부터 두 시간이 지났을 무렵, 그는 배 밑에 구멍이 뚫린 것을 기억해 냈다. 그의 아이들은 수영을 잘하지 못했기 때문에 그는 하던 일을 멈추고 미친 듯이 호수로 달려갔다. 그런데 아이들이 무사히 뭍으로 오르고 있는 모습이 보였다. 안도의 숨을 돌린 그는 배 밑바닥을 조사해 보았다. 그랬더니 누군가 작은 구멍을 수리해 놓은 흔적이 보였다. 잠시 생각에 잠긴 그는 바로 선물을 사 들고 페인트공을 찾아갔다.

"아니 갑자기 왜 이런 선물을 주십니까?"

"당신이 배 밑바닥의 구멍을 때워 주셨지요?"

"그렇긴 합니다만."

"내가 그 구멍을 때워 달라는 부탁도 하지 않았는데 당신은 구멍을 잘 막아 주었습니다. 덕분에 내 두 아들이 생명을 구했습니다. 감사합니다."

눈물의 의미

훌륭한 랍비가 있었다. 그는 언행이 고결하고 자애심이 두터워 많은 사람들로부터 존경을 받았다. 그는 개미 한 마리도 밟지 않도록 조심해서 걸었고, 하느님께서 창조하신 작품에 손상이 가는 일은 절대 하지 않았다. 그에게는 일반인들이 가까이 다가갈 수 없는 어떤 신성함이 느껴졌다.

그런데 그의 건강이 갑자기 나빠졌다. 그도 물론 그 사실을 깨닫고 자신의 죽음이 가까워졌음을 느꼈다. 그는 제자들을 불러 모으고는 갑자기 눈물을 흘렸다.

제자들이 깜짝 놀라 물었다.

"스승님 왜 그러십니까? 스승님께서 단 하루도 공부하

지 않은 날이 있었던가요? 저희를 가르치지 않은 날이 단 하루라도 있었던가요? 자비를 베푸시지 않은 날이 단 하루라도 있었던가요? 스승님께서는 이 나라에서 가장 훌륭한 분입니다.

하느님을 가장 깊이 공경하시는 분도 바로 스승님이십니다. 스승님께서 눈물을 흘리실 이유는 조금도 없습니다."

그러자 랍비가 말했다.

"나는 그래서 울고 있는 거다. 나는 마지막 순간에 나 자신에게 '당신은 열심히 공부했는가?' '당신은 하느님께 기도했는가?' '당신은 자선을 베풀었는가?' '당신은 행실을 바르게 했는가?' 하는 물음에는 모두 '그렇다'고 자신 있게 대답할 수 있다. 그러나 '당신은 보통의 삶에 어울려 살아 본 적이 있는가?' 하는 물음에는 '그렇다'고 대답할 수 없다. 그래서 나는 지금 울고 있다."

진실한 자선

한 마을에 큰 농장이 있었다. 그 농장 주인은 예루살렘 근처에서 자선의 마음이 가장 큰 것으로 알려져 있었다. 랍비들이 그의 집을 방문하면 그는 아끼지 않고 그들에게 자선을 베풀었다.

그런데 어느 날 폭풍우가 크게 닥쳐 그의 과수원이 큰 손해를 입었다. 결국 빚을 지게 된 그는 작은 농토만 남기고 모두 처분해 빚을 갚았다. 그러나 그는 "하느님이 주셨다가 다시 거두어 가신 것이니 어쩔 수 없다."라고 말하면서 아무도 원망하지 않았다.

이 소식을 들은 랍비들은 그를 찾아가 "그렇게 많은 재산을 가지고 있었는데 이렇게 몰락하다니." 하고 말하면서 그를 동정했다. 농장 주인의 아내는 남편에게 다음과 같이 말했다.

"우리는 지금까지 랍비들을 위해 학교를 세워 주고 가난한 사람들과 노인들을 위해 성의껏 기부금을 내 왔는데, 올해는 한 푼도 내놓지 못하게 되면 정말 서운할 거예요."

그들 부부는 그 상황에서도 랍비들을 빈손으로 돌아가게 할 수는 없다고 생각했다. 그리하여 마지막 남은 얼마 안 되는 땅의 절반을 팔아 랍비들에게 헌금으로 내놓고, 나머지 절반의 땅을 가지고 좀 더 부지런히 일하기로 했다. 랍비들은 생각지도 않았던 헌금을 받고는 크게 놀랐다.

그런데 얼마 후 그들 부부에게 큰 행운이 찾아왔다. 얼마 안 되는 그들의 농토에서 보물이 쏟아져 나온 것이었다. 그들 부부는 그 보물을 팔아서 옛날처럼 다시 큰 농장을 경영할 수 있게 되었다.

그 이듬해, 랍비들이 다시 그 농가를 찾아갔다. 그런데 그들이 살던 오두막엔 아무도 없었다.

"그들은 지금 여기에 살지 않습니다. 저쪽 큰 집에 살고 있습니다."

랍비들은 이웃 사람들이 가리킨 집으로 찾아갔다. 농장

주인은 지난 1년 동안 자신들에게 일어났
던 일을 설명하고는, 마음으로부터 우러
나 자선을 베풀었더니 그런 복을 받게 되
었다며 기뻐했다.

저장만 하는 사해

이스라엘에는 두 개의 내해(內海)가 있다. 하나는 갈릴리 바다이며, 다른 하나는 사해(死海, 염해)이다.

사해는 염분 농도가 높아서 사람이 물속에 들어가도 가라앉지 않고, 오히려 물에 뜬다. 사해에는 어떤 생물도 살지 못한다. 주변에 나무가 없어서 새가 노래하는 일도 없다. 사해 위에는 떠도는 공기마저 답답해 보인다. 심지어 사막에 사는 동물들이 물을 마시러 나타나는 일도 없다. 그래서 옛사람들이 그 바다를 죽음의 바다, 즉 사해(死海)라고 이름 지었던 것이리라.

반대로 갈릴리 바다는 담수여서 많은 물고기가 산다.

그래서 갈릴리 바다를 생명의 바다라고도 한다. 갈릴리 바다 해안에는 많은 수목이 수면 위로 가지를 뻗고 있어서 새들이 모여 지저귀는 활기차고 아름다운 풍경을 이루고 있다.

사해의 물은 밖에서 들어올 뿐 다른 데로 나가지 않는다. 하지만 갈릴리 바다는 한쪽으로는 물이 들어오고, 다른 쪽으로는 물이 나간다. 갈릴리 바다는 받아들인 만큼을 남에게 주기 때문에 항상 신선한 반면, 사해는 흘러들어 오는 모든 물을 자신의 것으로 만들어 버리기 때문에 생물이 살 수 없고, 생물과 가까이 지낼 수도 없다고 유대의 현인들은 생각했다.

사람도 사해와 같은 자가 있으니, 바로 자선을 베풀지 않는 사람이 그렇다. 자선을 베푸는 사람은 '생명의 바다'와 같다. 사람은 누구나 '생명의 바다'가 되어야 한다.

사람의 애정

 이 세상에는 강한 것이 열두 가지가 있는데, 그중 하나가 돌이다. 그러나 돌은 쇠를 당할 수 없고, 쇠는 불에 녹아 버린다. 불은 물을 당할 수 없고, 물은 구름에 흡수되고 만다. 구름은 바람에 의해 날아가고, 바람은 사람을 날려 버리지 못한다.

사람은 여러 가지 고민 때문에 힘들어하고, 고민은 술을 마시면 사라진다. 술은 잠을 자고 나면 깨고, 잠은 죽음보다 약하다. 그런데 그 죽음마저 극복하는 것이 있으니 그것은 곧 사람의 애정이다.

거짓말

《탈무드》는 거짓말을 해도 좋은 두 가지 경우를 말한다. 하나는 물건을 산 다음 그것이 마음에 들지 않아도 산 물건이 어떠냐는 질문에 "좋다."라고 대답하는 것이고, 다른 하나는 친구가 결혼한 경우 "자네 부인은 정말 미인이로군. 부디 행복하게 잘 살게."라고 말하는 것이다.

사자와 학

사자의 목구멍에 다른 짐승의 뼈가 걸렸다. 사자는 제 목구멍에 걸린 뼈를 꺼내 주는 자에게 큰 상을 내리겠다고 말했다. 이에 학이 사자의 목에 걸린 뼈를 꺼내 주겠다고 말했다. 학은 사자의 입을 크게 벌리게 하고, 머리를 사자의 입속으로 넣어 긴 부리로 목에 걸린 뼈를 뽑아냈다.

"자, 이제 상을 주셔야지요?"

그러자 사자는 버럭 화를 내며 말했다.

"내 입속에 머리를 집어 놓고도 살아난 것이 상이다. 너는 그렇게 위험한 지경을 당하고 살아서 나온 것을 자랑할 수가 있다. 그러니 그보다 더 큰 상은 없을 것이다."

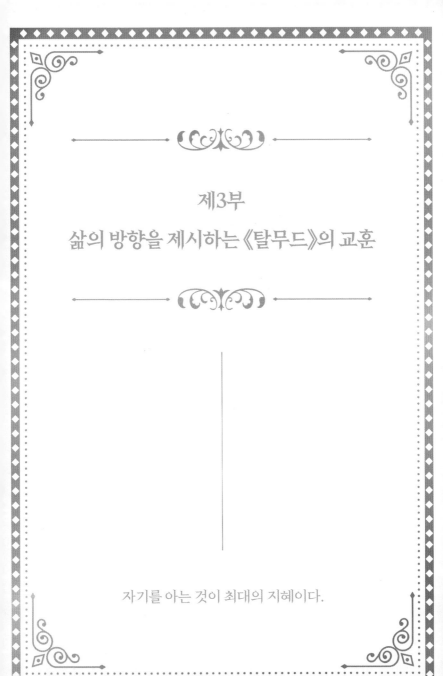

제3부

삶의 방향을 제시하는 《탈무드》의 교훈

자기를 아는 것이 최대의 지혜이다.

탈무드

지식보다 지혜를 중시하라

어머니가 아들에게 물었다.

"만약 집에 불이 나면, 너는 무엇을 가지고 나오겠느냐?"

"우선 돈과 집문서, 땅문서, 보석들을 가지고 나오겠습니다."

어머니가 말했다.

"아니란다. 모르겠다면 힌트를 주마. 그것은 모양도 빛깔도 냄새도 없는 것이란다."

그래도 아들이 대답하지 못하자. 어머니는 '지혜'라고 가르쳐 주었다.

학식을 자랑하지 말라

학식을 드러내 놓고 자랑해서는 안 된다. 자기 학식이 뛰어나다고 내세워서도 안 된다. 학식이나 능력은 값비싼 시계와 도 같다. 시간을 묻는 사람이 있어야 비로소 시계를 꺼내는 것이지, 자랑하기 위해 꺼내 보이면 오히려 비난만 사게 된다.

"현인이라 하더라도 지식을 자랑삼아 뽐내는 자는, 무지를 부끄러워하는 어리석은 자만 못하다."

시간은 생명이다

랍비가 졸업을 앞둔 학생들에게 말했다. "미국에는 '시간은 돈'이라는 격언이 있는데, 나는 잘못된 말이라고 생각한다. 시간은 돈에 비할 것이 아니다. 이 두 가지는 전혀 비슷하지도 않고 공통점도 없다. 왜냐하면 돈은 저축할 수 있지만 시간은 저축할 수 없으며, 한번 잃은 시간은 되돌려 받을 수 없고 다른 사람의 시간을 빌릴 수도 없기 때문이다. 그러므로 '시간은 돈'이라는 말은 완전히 틀린 말이다. 오히려 '시간은 생명'이라고 해야 맞을 것이다."

균형

하루는 두 남자가 악당에게 쫓겨 깊은 골짜기의 절벽에 이르게 되었다. 절벽에는 아주 낡은 나무다리가 있었는데 발판이 매우 좁고 위험해 보였다. 하지만 절벽에서 탈출하려면, 반드시 그 다리를 건너야 했다.

두 사람은 다리를 건너기로 하고, 먼저 한 남자가 쏜살같이 다리를 건넜다. 앞서 건너간 남자는 전혀 두려워하는 것 같지 않았는데, 두 번째 남자는 난간을 붙잡고 두려움에 덜덜 떨며 소리쳤다.

"당신은 어떻게 그렇게 잘 건넜소? 무슨 비결이라도 있소?"

건너편의 남자가 대답했다.

"이런 좁고 위험한 다리는 처음이라서 나도 떨렸소만, 한쪽으로 기울어지려고 할 때 얼른 다른 한쪽에 힘을 주어 균형을 잡으면서 건넜소."

열정과 흥분

열정 때문에 결혼했을 때, 그 흥분은 오래가지 않는다. 사랑이 열렬할수록 그 생명력은 오히려 짧다. 흥분은 오래 지속되지 않기 때문이다.

유대인의 지혜

어느 날 한 유대인이 동유럽의 한 도시에서 모자를 잃어버렸다. 그 모자는 누구나 쓰는 평범한 모양이었다. 사방을 둘러보니, 자기 모자와 똑같은 모자를 쓰고 있는 사람이 몇 사람 눈에 띄었다. 모두 똑같은 모자라서 어떤 것이 자기 모자인지 도무지 찾아낼 수 없었다. 그래서 그 유대인은 "될 대로 돼라."라는 마음으로 이렇게 외쳤다.

"도둑놈 모자에 불이 붙었다!"

그래서 유대인은 자신의 모자를 되찾았다.

유머는 강력한 무기

 유머는 강력하면서도 부드러운 무기이다. 웃음이나 유머를 잘 구사할 줄 안다면, 강력한 무기를 소유한 것이나 다름없다. 유머는 사람이 가진 힘 가운데서 가장 강한 것이라고 해도 과언이 아닐 것이다.

비밀 이야기

사람에 대한 평가는 그가 비밀을 얼마나 잘 지키는가로 결정된다. 누구나 비밀 이야기를 듣게 되면 다른 사람에게 말하고 싶어진다. 비밀 이야기를 전함으로써 사람들의 주목을 끌 수가 있기 때문이다.

그러나 남에게 들은 비밀을 다른 사람에게 옮기는 행위는 자신의 신뢰를 떨어뜨린다. 비밀을 전해 들은 상대방도 비밀을 전하는 사람을 신뢰하지 않는다. 오히려 그 사람에게 비밀 이야기를 절대 하지 않겠다는 다짐만 할 뿐이다.

학생의 위대함

고대 유대 학교에서는 1학년 학생들을 '현자(賢者)'라 불렀고, 2학년 학생들을 '철학자'라 불렀다. 3학년이 되어서야 비로소 '학생'이라 불렀다. 이는 겸허한 자세로 배우는 자가 가장 높은 지위에 오를 수 있으며, 학생이 되려면 수년간 학업을 쌓아야 한다는 발상에서 비롯된 것이라고 한다. 그만큼 배우는 것을 업으로 하는 학생을 위대하게 여겼다는 뜻이다.

어리석음을 경계하라

 '첼룸'은 옛날 어디에서나 볼 수 있는 작고 평화로운 도시였다. 그런데 이 도시에는 중대한 문제가 하나 있었는데, 그것은 바로 다른 도시에서 이 도시로 통하는 길이 매우 험하고 위험하다는 것이었다.

산 중턱에 나 있는 길이 매우 좁고 위험해서, 이 도시를 오가는 사람들은 부상당하기 일쑤였다. 식료품 장수가 오다가 사고를 입으면 식량난이 발생했고, 우편배달부가 벼랑에서 발을 헛디뎌 사고를 입으면 중요한 소식을 전해 듣지 못했다.

이에 마을 장로들이 모여 대책 회의를 열었다. 회의에

서 갖가지 의견이 나왔는데 의견 대립이 너무나 심해서 회의는 밤낮없이 꼬박 6일간 계속되었다. 그러다 결국 한 가지 해결책을 도출했는데 그것은 뜻밖에도 언덕 밑에 병원을 짓자는 것이었다.

수다와 깃털

수다가 심한 여인이 있었다. 수다의 도가 지나쳐 이웃들에게 피해를 줄 정도였다. 이에 마을 여인들이 랍비에게 상담을 청했다.

"그 여자 허풍이 너무나 심해서 우리한테 피해가 있어요."

"그 여자는 개미를 보면 황소를 보았다고 할 정도로 허풍을 떨고 다녀요."

다른 여인이 호소했다.

"그 사람은 말이죠. 내가 남편을 출근시킨 뒤 집안일을 내팽개치고 낮잠이나 잔다고 헛소문을 내고 다닙니다."

"그 수다쟁이 여자는 나와 마주칠 때마다 '아유, 부인은 어쩌면 이리도 곱나요!'라고 말하면서 다른 사람에게는 나이와 어울리지도 않게 젊어지려고 겉멋을 부린다고 험담을 하고 다닙니다."

랍비는 여인들의 호소를 귀담아들었다. 그리고 여인들이 돌아가자 심부름꾼을 보내 그 수다쟁이 여인을 데려오게 했다.

"당신은 어째서 이웃 사람들에 대해 이러쿵저러쿵 말을 만들어 떠벌립니까?"

그러자 그녀는 생긋 웃으면서 말했다.

"특별히 제가 말을 만들어 내는 건 아니에요. 실제보다 약간 과장해서 말하는 버릇이 있는 건 사실이지만, 단지 이야기를 좀 재미있게 하려는 것뿐이죠. 하지만 대부분 옳은 이야기들이랍니다. 제 남편도 인정한다니까요."

랍비는 잠시 생각에 잠기더니 밖에서 큰 자루를 하나 가져왔다. 그리고 그 여자에게 이렇게 말했다.

"당신은 자신이 말이 많다고 인정했소. 그러니 좋은 해결 방법을 찾아봅시다."

랍비는 그녀에게 자루를 주면서 말을 이었다.

"이 자루를 가지고 광장으로 나가시오. 그리고 자루를 열고 이 속에 들어 있는 것을 길바닥에 하나씩 내려놓으면서 집으로 돌아가십시오. 집에 도착하면 내려놓았던 것들을 다시 주워 담으면서 광장으로 가십시오."

자루는 무척이나 가벼웠다. 그녀는 속에 도대체 무엇이 들어 있을지 궁금해하면서 광장으로 갔다. 광장에 도착해서 자루를 열어 보니, 그 속에는 깃털이 한가득 있었다. 그녀는 랍비가 시키는 대로 깃털을 꺼내 천천히 길가에 늘어놓으면서 집으로 돌아갔다. 집 앞에 이르러서 그녀는 발걸음을 되돌려 아까 늘어놓은 깃털을 주워 담으면서 광장으로 가려고 했다. 그러나 깃털이 바람을 타고 여기저기 날려 도저히 주워 담을 수가 없었다. 그녀는 랍비에게로 돌아가 말했다.

"깃털을 늘어놓았지만 몇 개밖에 줍지 못했습니다."

그러자 랍비가 말했다.

"말이라는 것은 그 자루 속의 깃털과도 같은 것입니다. 말은 입에서 한 번 나오면 다시는 주워 담을 수가 없습니다."

그녀는 고개를 들지 못하고 얼굴이 빨개져서 집으로 돌아갔다.

침묵을 배워라

말을 안 해서 후회하기보다는 해서 후회하는 일이 더 많다. 침묵은 지성인이 입는 황금 갑옷이다. 물론 필요할 때는 충분히 자기 의견을 주장하고 표현해야 옳다. 그러나 말하는 것보다 침묵하는 것을 익히기가 더 어렵다.

말하기보다는 경청하라

　　말을 잘하는 사람보다는 열심히 경청하는 사람이 존경받는다. 그래서 혀는 칼에 비유되기도 한다. 혀를 주의해서 다루지 않으면 다른 사람을 다치게 할 뿐만 아니라, 자신도 상처를 입게 되기 때문이다. 훌륭한 검술사는 칼이 꼭 필요할 때 외에는 빼지 않는다.

말의 노예가 되지 말라

 말이 당신의 입속에 있는 동안은 당신이 말의 주인이지만, 말이 일단 입 밖으로 나가 버리면 당신은 그 말의 노예가 된다.

물질에 지배당하지 말라

지나치게 많은 부는 불편을 주기도 한다. 일을 지나치게 많이 하면 건강이 나빠지듯이 물질을 너무 많이 소유하면 오히려 물질에 지배당할 수도 있기 때문이다. 물질은 사람에 의해 소모되는 도구일 뿐이지만, 사람이 물질에 의해 소모될 수도 있다. 그렇다고 물질을 무시하라는 이야기는 아니다. 자신도 모르게 물질에 지배당하는 일이 생기지 않도록 항시 예의주시하라는 이야기이다.

겸허함을 가져라

진정한 현인(賢人)은 누구를 만나도 그가 자기보다 나은 점을 가지고 있다고 생각한다. 만일 상대방이 자신보다 연장자라면 무조건 자신보다 현명하다고 간주한다. 왜냐하면 그는 자기보다 선행을 쌓을 기회가 많았을 것이기 때문이다. 만일 자기보다 풍요로운 사람을 만난다면, 그가 자신보다 더 많은 자선을 해 왔을 것으로 생각한다. 만일 자기보다 가난한 사람을 만난다면, 그가 자신보다 더 많은 고생을 했을 것으로 생각한다.

낮은 곳으로 임하라

훌륭하게 잘 여문 포도는 아래로 늘어지게 된다. 덜 여문 포도는 높은 곳에 위치한다. 이와 마찬가지로, 위대한 사람일수록 낮은 곳으로 내려오기 마련이다.

불공정한 거래

《탈무드》는 특정 상품을 취급하는 가게 근처에 가게를 차리고 그 가게와 똑같은 상품을 팔아서는 안 된다고 가르친다. 이는 불공정한 일로 취급한다. 그렇다면 이런 경우는 어떨까? 두 상점이 있는데 한 가게에서 경품을 주며 판다고 하자. 손님은 하찮은 경품일지라도 그것을 받기 위해 경품을 주는 가게를 찾을 것이다. 경쟁 가게의 손님이 떨어지는 것은 당연한 일이다. 경쟁 가게보다 상품의 값을 내려 판다면, 손님은 당연히 가격이 낮은 가게로 몰릴 것이다. 이 두 경우 일부 랍비는 불공정한 거래라고 하지만, 대다수는 그렇지 않다고 입을 모은다. 고객에게 이득이 된다면 그것은 바람직한 일이라는 게 랍비들의 결론이다.

마음

사람의 모든 일은 마음에 의해 좌우된다. 마음은 보고, 듣고, 이해하고, 사랑하고, 미워하고, 질투하고, 생각하고, 반성하는 등 모든 것을 결정한다. 따라서 가장 강인한 사람은 자신의 마음을 자유자재로 조절할 수 있는 사람이다.

축복의 말

유대인은 언제 어디서나 축복의 말을 한다. 왕을 만날 때나, 식사할 때나, 떠오르는 해를 볼 때나 그 밖의 모든 경우에 축복의 말을 잊지 않는다. 심지어 화장실에 갈 때도 축복의 말을 한다.

제4부

인생의 빛이 되는《탈무드》의 격언

돈을 빌려준 사람에게는 화가 나도 참아야 한다.

탈무드

사람

- 사람은 심장 가까이에 젖가슴이 있으나 동물은 심장 멀리에 젖가슴이 있다. 이는 신의 깊은 배려이다.

- 성하는 자가 서 있는 땅은 가장 위대한 랍비가 서 있는 땅보다 더 가치 있다.

- 사람은 남의 사소한 피부병은 걱정해도, 자신의 중병(重病)은 아랑곳하지 않았다.

- 거짓말쟁이에게 주어지는 최대의 벌은 그가 진실을 말했을 때도 사람들이 믿어 주지 않는다는 것이다.

- 사람은 20년 걸려서 배운 것을 2년 안에 잃을 수 있다.

• 사람은 누구나 세 가지 이름을 가진다. 태어났을 때 부모가 붙여 주는 이름, 친구들이 우정을 담아 부르는 이름, 그리고 생애가 끝났을 때 얻어지는 명성(名聲)이 그것이다.

인생

- 사람은 상황에 의해서 명예가 올라가는 것이 아니라, 사람이 그 상황의 명예를 높이는 것이다.

- 세계는 진실, 법, 평화의 세 기반 위에 서 있다.

- 어떤 사람은 젊고도 늙었고, 어떤 사람은 늙었어도 젊다.

- 자기의 결점만 걱정하는 사람은 다른 사람의 결점을 알지 못한다.

- 하루를 공부하지 않으면 그때 놓친 것을 되찾기 위해서는 이틀이 걸린다. 이틀을 공부하지 않으면, 그

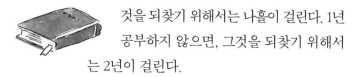 것을 되찾기 위해서는 나흘이 걸린다. 1년 공부하지 않으면, 그것을 되찾기 위해서는 2년이 걸린다.

- 어리석은 사람은 이웃 사람의 수입에 신경을 쓰고, 자신의 낭비벽은 마음 쓰지 않는다.

- 눈에 보이지 않는 것보다는 마음이 보이지 않는 쪽이 더 두려운 일이다.

- 만나는 사람 모두에게서 무언가를 배울 수 있는 사람이야말로 세상에서 가장 현명한 사람이다.

- 강한 사람이란 자기를 억제할 수 있는 사람이며, 적을 친구로 바꿀 수 있는 사람이다.

- 풍족한 사람이란 자기가 가진 것으로 만족할 줄 아는 사람이다.

친구

• 아내를 선택할 때는 한 계단 내려가고,
친구를 선택할 때는 한 계단 올라가라.

• 친구가 화가 나 있을 때는 달래려고 하지 말라. 친구
가 슬퍼하고 있을 때는 위로도 하지 말라.

• 당신의 친구가 당신에게 벌꿀처럼 달더라도 전부 핥
아먹어서는 안 된다.

여자

- 어떤 남자라도 여자의 야릇한 아름다움에는 버틸 수 없다.

- 사랑에 빠진 자는 사람의 충고에 귀를 기울일 줄 모른다.

- 태초에 하느님이 만든 남자는 양성을 겸하고 있었다. 그러므로 남자의 육체에도 여성 호르몬이 있고, 여성의 육체에도 남성 호르몬이 있다.

- 남자가 여자에게 끌리는 것은, 남자의 갈비뼈를 빼앗아 여자를 만들었으므로 남자가 자기가 잃은 것을 되찾으려고 하기 때문이다.

술

- 술이 들어가면 비밀이 밖으로 밀려 나온다.

- 악마는 너무 바빠서 사람을 방문할 수 없을 때 자기 대신 술을 보낸다.

- 포도주는 새 술일 때는 포도 같은 맛이 난다. 그러나 오래되면 오래될수록 맛이 좋아진다. 지혜도 이 포도주와 똑같아서 해를 거듭할수록 연마된다.

- 아침에 늦게 일어나고, 낮을 쓸모없는 일로 허비하고, 저녁에 술을 마시면 일생을 간단히 헛되게 만들 수 있다.

- 포도주는 금이나 은그릇으로는 잘 빚어지지 않지만, 지혜로 만든 그릇으로는 매우 잘 빚어진다.

부부

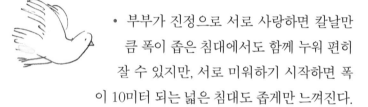

- 부부가 진정으로 서로 사랑하면 칼날만큼 폭이 좁은 침대에서도 함께 누워 편히 잘 수 있지만, 서로 미워하기 시작하면 폭이 10미터 되는 넓은 침대도 좁게만 느껴진다.

- 세상에서 가장 행복한 사람은 누구인가? 그는 좋은 아내를 가진 남자다.

- 남자는 결혼하면 죄가 늘어난다.

- 아내를 이유 없이 학대하지 말라. 하느님은 그녀의 눈물을 주의 깊게 지켜보고 계신다.

- 남자의 집은 아내다.

- 불순한 동기에서 시작한 애정은 그 동기가 사라지면 같이 없어져 버린다.

- 정열 때문에 결혼해도, 그 정열은 결혼보다 오래 지속되지 않는다.

가정교육

• 아이를 키울 때 차별하지 말라.

• 아이는 어렸을 때 엄하게 꾸짖고, 크게 자라면 꾸짖지 말라.

• 어린아이는 엄하게 가르쳐야 하나, 아이가 두려워하는 일이 있어서는 안 된다.

• 아이를 꾸짖을 때는 한 번만 따끔하게 꾸짖어야지 계속 잔소리로 꾸짖어서는 안 된다.

• 어린아이는 부모가 이야기하는 모양을 흉내 낸다. 성격은 그 이야기하는 모습으로 알 수 있다.

- 아이에게 무언가 약속했다면 반드시 지키라. 지키지 않으면 당신은 아이에게 거짓말을 가르치는 것이 된다.

- 가정에서 부도덕한 일을 하는 것은 과일에 벌레가 붙은 것과 같다. 부도덕한 일은 알지 못하는 사이에 퍼져 가기 때문이다.

돈

• 사람에게 상처를 입히는 것이 세 가지 있다. 번민, 말다툼, 텅 빈 지갑이 그것이다. 그중에서도 가장 큰 상처를 입히는 것은 텅 빈 지갑이다.

• 돈은 장사에 쓰여야 하며, 술을 위해 쓰여서는 안 된다.

• 돈은 악이 아니며 저주도 아니다. 돈은 사람을 축복하는 것이다.

• 돈을 빌려준 사람에게는 화가 나도 참아야 한다.

• 부귀는 요새이며, 빈곤은 폐허이다.

교육

• 향수 가게에 들어갔다 나오면 향수를 사지 않았어도 향기를 풍긴다.

• 칼을 가진 자는 책을 가질 수 없다. 책을 들고 서 있는 사람은 칼을 들고 설 수 없다.

• 자기를 아는 것이 최대의 지혜이다.

• 비싼 진주가 없어져서 이것을 찾기 위해 아무 값어치 없는 촛불이 사용된다.

• 학교가 없는 도시에는 사람이 살지 못한다.

• 지식이 얕으면 곧 그 얕은 지식마저 잃게 된다.

- 아이들을 가르친다는 것은 어떤 것인가? 그것은 아무것도 쓰여 있지 않은 백지에 무언가를 그리는 것과 같다. 노인을 가르친다는 것은 어떤 것인가? 이미 많은 것이 써진 종이에 여백을 찾아서 써넣으려고 하는 것과 같다.

악

- 다른 사람보다 뛰어난 사람은 악의 충동도 그만큼 강하다.

- 세상에 올바른 일만 하는 사람은 있을 수 없다. 나쁜 일도 반드시 한다.

- 악의 충동은 처음에는 아주 달콤하다. 그러나 끝맛은 아주 쓰다.

- 마음속에 있는 악의 충동은 13세 때부터 선의 충동보다 점점 더 강하게 작용한다.

- 죄는 태아였을 때부터 사람의 마음에 싹트기 시작해, 사람이 성장함에 따라 점점 더 강해진다.

• 죄는 미워하되 사람은 미워하지 말라.

• 죄는 처음에는 거미집의 줄처럼 가늘지만, 마지막에는 배를 잇는 밧줄처럼 굵고 강하게 된다.

• 죄는 처음에는 손님이다. 그러나 그대로 두면 손님이 집주인이 되어 버린다.

헐뜯음

• 남을 헐뜯는 것은 살인보다 위험하다. 살인은 한 사람밖에 죽이지 않지만, 헐뜯음은 반드시 세 사람을 죽인다. 여기서 세 사람이란 남을 헐뜯는 말을 하는 사람, 그 말을 반대하지 않고 듣는 사람, 그 헐뜯음의 대상이 되는 사람이다.

• 남을 헐뜯는 자는 무기를 사용해서 사람을 해치는 것보다 죄가 무겁다. 무기는 가까이 가지 않으면 상대를 해칠 수 없으나, 헐뜯음은 멀리서도 사람을 해칠 수가 있기 때문이다.

• 불타고 있는 장작에 물을 뿌리면 불은 꺼지지만, 중상모략으로 화가 난 사람의 마음속 불은 아무리 사죄해도 꺼지지 않는다.

• 사람은 입이 하나, 귀가 둘이다. 이것은 말하기보다 듣는 데 더 열중하라는 뜻이다.

• 손가락이 자유롭게 움직이는 것은 뜬소문을 듣지 않기 위해서이다. 뜬소문이 들려오면 얼른 손으로 귀를 막아야 한다.

• 물고기는 언제나 입으로 낚인다. 사람도 입으로 걸려든다.

판사의 자격

• 판사는 겸허하고 언제나 선한 일만 행하며, 무언가 결정을 내릴 정도의 용기를 가져야 하며, 죄가 없어서 깨끗한 사람이어야 한다.

• 극형을 선고하기 직전의 판사는 자기 목에 칼이 꽂히는 심정이어야 한다.

• 판사는 반드시 진실과 평화의 양쪽을 구해야 한다. 진실을 구하면 평화는 혼란에 빠지므로, 판사는 진실도 파괴하지 않고 평화도 지킬 수 있는 길을 찾아야 한다.

처세

• 좋은 항아리를 가지고 있다면, 그날 안에 사용하라. 내일이 되면 깨질지도 모른다.

• 정직한 자는 자기의 욕망을 조종하지만, 정직하지 않은 자는 욕망에 조종된다.

• 남의 도움으로 사느니 가난한 생활을 하는 편이 낫다.

• 남 앞에서 부끄러워하는 사람과 자기 앞에서 부끄러워하는 사람 사이에는 커다란 거리가 있다.

• 항아리 속에 든 한 개의 동전은 시끄러운 소리를 내지만, 동전이 가득 찬 항아리는 조용하다.

- 당신의 혀에 "나는 잘 모릅니다."라는 말을 열심히 가르치라.

- 장미꽃은 가시 사이에서 자란다.

- 항아리의 겉을 보지 말라. 그 안에 들어 있는 것을 보라.

- 나무는 그 열매에 의해서 알려지고, 사람은 업적에 의해서 평가된다.

- 갓 열리기 시작한 오이를 보고 장차 그 오이의 맛을 짐작할 수는 없다.

- 행동은 말보다 그 소리가 크다.

- 남에게 자기를 칭찬하게 하는 것은 좋으나, 자기 입으로 자기를 칭찬해서는 안 된다.

- 자선을 행하지 않는 사람은 아무리 풍족한 부자일지라도, 맛있는 요리가 즐비한 식탁에 소금이 없는 것과 같다.

어리석음

• 구세주도 어리석은 자를 현자로 만드는 일은 하지 못했다.

• 어리석은 자라도 침묵을 지키고 있으면 성인(聖人)으로 보인다.

• 현자는 어리석은 자로부터 교훈을 찾아낼 수 없다.

• 어리석은 자를 가르친다는 것은 밑 빠진 독에 물을 붓는 것과 같다.